JN206245

カロリン・エムケ

なぜならそれは言葉にできるから

証言することと正義について

浅井晶子訳

みすず書房

WEIL ES SAGBAR IST

Über Zeugenschaft und Gerechtigkeit

by

Carolin Emcke

First published by S. Fischer Verlag GmbH, 2013
Copyright © S. Fischer Verlag GmbH, 2013
Japanese translation rights arranged with
S. Fischer Verlag GmbH, Frankfurt am Main through
The Sakai Agency, Inc., Tokyo

なぜならそれは言葉にできるから

証言することと正義について

シルヴィアへ

言語に絶するものは、囁き声で広まっていく

——インゲボルク・バッハマン

さて、それにしても、どうやって始めたらいいのだろう？　どんな言葉で？

いや、単にこの言葉で始めればいい……

——サーシャ・ソコロフ

目次

「なぜならそれは言葉にできるから」

——証言することと正義について

序章

イェズホフによる粛清の嵐が吹き荒れた恐ろしい時代、私は十七か月間、レニングラードの刑務所で列に並んで過ごした〔ニコライ・イワノヴィチ・イェズホフ。一八九五―一九四〇。一九三六年から三八年までソ連の秘密警察NKVDの長官。スターリンによる粛清の実行者〕。一度、どういうわけか、私が何者であるかに〈気づいた〉人がいた。すると、私の後ろに並んでいた、私の名前などもちろん一度も聞いたことのない青ざめた唇の女性が、その場にいる全員の特徴である硬直状態から目覚めて、私の耳にこんな問いを囁きかけてきた。（あそこでは、誰もが囁き声で話す。）

「じゃあ、あなたがこれ（dies）を言葉にしてくれる?」

私は答えた。

「はい」

すると、かつて彼女の顔だった場所に、微笑みらしきものがかすめた。

アンナ・アフマトヴァ　一九五七年四月一日、レニングラード窮地に陥った人間、閉じ込められた者、疎外された者、戦争や暴力の被害者——彼らが「それ」を言葉にしてほしいと頼む例は、後を絶たない。

なぜだろう。そんな場面の背景にはなにがあるのか。

「じゃあ、あなたがこれを言葉にしてくれる?」「これを」を強調してみると、この台詞からは不安の響きが聞き取れる。恐怖の響きもある（「あそこでは、誰もが囁き声で話す」）。だがなにより耳に残るのは、その切り詰められた表現だ。「これ」というたった一語に、その人の身に起きたことへの恐怖が集約されている。その体験を言葉にする能力を奪ってしまうほどの恐怖が。

「これ」とはなんだろう。より正確に問うなら、「これ」のいったいなにが、言語上の問題なのだろう。「これ」のなにが、言葉にできないものなのだろう。この「青ざめた唇の」女性は、なぜ見も知らぬ他人を必要とするのだろう。彼女はなぜ、刑務所での自分の体験を、自身で言葉にすることができないのだろう——おそらく、隣人の訪問や、子供の入学や、その年の収穫についてなら言葉にできるであろう彼女が。言葉で描写することができないということが、不正や苦しみの特徴なのだろうか。暴力とは、メドゥーサの視線のように、それを浴びた者を石にしてしまうのだろうか。

ある種の体験は、それを描写することが不可能なだけではない。それを理解することからして不可能だ。極度の不正や暴力はひとつの異変であり、それまでの生活でのあらゆる体験に矛盾する。人生に突如押し入ってくるそんな不正や暴力を体験した人は、自分の身になにが起きたのか、理解することができない。それ以前の人生で起きたどんなこととも繋がりがなく、それまでの人生のなかに到底組み入れることのできない出来事だからだ。かつての自分自身がどんな人間だったのか、周囲がどんな人間だったのかという理解の範疇に収まらない体験なのだ。さらに、そういった体験は、起こるべきこと、起きてもいいことの範疇からも大きく外れている。その人の持つ道徳的な期待、他者とはどんな人であるべきか、ありうるかというあらゆる想像からかけ離れている。不正が文明社会に生きる人間にもたらす断絶はさまざまな層にわたり、自身との関わり方と世界との関わり方という二重の意味で、被害者の存在の根幹を揺さぶる。そして、その人の持つ規範が侵害されることで、暴力の内部と外部、すなわち被害者と部外者のあいだの亀裂はますます深まる。

こうして苦しみと暴力とは、言語上の問題となる。苦しみと暴力の体験は、被害者にとって、言葉で描写できないものに思われる。それを体験した者自身にも理解することができない、それまでの体験のすべてを上回る恐れのある体験だからだ。恐怖と戦慄の前には、通常の言葉はあまりに無害に、あまりに平板に響く。現実に体験した惨事を描写しようと思えば、言葉を一語ずつ「それ」にあてはめていくしかない。ドレスにスパンコールを一粒ずつ、生地を覆い尽くすまで縫い付けていくように。(1)

また、苦しみと暴力の体験は、他者に伝えることも不可能に思われる。実際にそれを体験した者は、まさにその体験によって、体験せずに済んだ者たちから切り離され、別の存在となるからだ。どんな説明も描写も、体験した恐怖に比べれば、じゅうぶんでないと思われる。体験の重さのすべてを描写するには、あまりに薄っぺらく感じられる。

「あなたがこれを言葉にしてくれる?」「あなたが」を強調した場合、この文章からは、こう問うた人自身が、すでに言葉にしようと試みた——そして失敗した——ことがうかがわれる。まるで、凄惨な体験を描写するには、特別な才能が必要であるかのようだ。彼女は、体制の犠牲者のなかに詩人がいるらしいと知った時点ですでに、「硬直状態から目覚めて」いる。

他者に体験を言葉にしてもらえるかもしれないとわかって、この青ざめた唇の女性がそこから目覚めた「硬直状態」とは、いったいなにか。

絶望と痛みは、まるで果物の皮のように、それを体験した人を覆い、閉じ込めてしまう。こうして暴力の威力は拡大し、多くの被害をもたらす。暴力に苦しんだ体験は、その人のなかに根を下ろし、沈殿し、人を「硬直」させ、人の身振りや動き、言葉の端々や、沈黙のなかから語りかけるのだ。

だが、極度の不正と暴力という犯罪の最も陰湿な点は、まさに被害者に沈黙させることにこそある。沈黙は、それらの犯罪の痕跡を消し去るからだ。構造的、物理的暴力は、被害者のなかに入り込み、被害者と社会との物理的、心理的つながりを傷つけ、彼らの語る能力を攻撃することで、気づかれることなく作用し続けるのだ。

「すると、かつて彼女の顔だった場所に、微笑みらしきものがかすめた」というアフマトヴァの言葉は、証言するという行為の道徳的意味を、語ることが他者に及ぼす力を示している。「かつて彼女の顔だった場所」とは？　アフマトヴァのテキストでは、この女性は名前のない存在だ。最初は、刑務所の列に並ぶ多くの人のひとり、「私の後ろに並んでいた」女性に過ぎない。彼女は囁き声で話す。「あそこでは、誰もが囁き声で話す」。彼女は、個人的属性（すなわち顔）を奪われた存在に見える。ただひとつの特徴は「青ざめた唇」だ。

ところが、自分たちの体験が他者によって言葉で描写されるかもしれないと知って初めて、彼女は人間の顔を取り戻す。別の人間が、「これ」を語ること、言葉にすることができると知って初めて、彼女は主体性を取り戻すのだ。いまや彼女は知っている――この体験が、言葉にされないまま終わることはないと。少なくとも、彼らのなかのひとりは、なにがあったのかを語ることができる。少なくとも彼らのなかのひとりは、個々人の各々の体験を、ほかの人々が耳を傾けることのできる、耳を傾けるべき証言に変えることができる。

＊　文中と註の（　）は著者による補足。〔　〕は訳者による補足。

（1）　興味深いことに、「それ（dies）」という言葉は別の場所でも見られる。サラ・コフマンの自伝的断章『オルドネル通り、ラバ通り』だ。著者は冒頭から、自身の経験を言葉でとらえ、書くことの不可能性について述べている。「もしかしたら、私の数々の著作は、ついに「それ」について語るために必要なまわり道だったのかもしれない」Sarah Kofman, Rue Ordener, Rue Labat, Tübingen 1995, S. 9.〔サラ・コフマン『オルドネル通り、ラバ通り』庄田常勝訳、未知谷、二〇〇一年〕

アンナ・アフマトヴァのこの記述を初めて読んだのは十五年ほど前で、私はまだフランクフルト大学で討議倫理を学ぶ学生だった。当時の私を突き動かしたのは、まさにこの「言葉にできないこと」と暴力との関係だった。暴力の被害者が、体験した苦しみを描写する能力を奪われるとき、そして、彼らのために語る者がいないとき、「言葉にできないこと」とはもはや単なる解釈上または心理学上の問題ではなく、正義の問題となる。暴力の被害者が、身をもって体験したことを語れなくなれば、独裁者と拷問吏が勝利するのである。

その後、アフマトヴァによるこの短いテキストを読むたびに、私の意識は最初と最後の部分に注がれることになった。アフマトヴァにとって、青ざめた唇の女性が負っている傷と、彼女の「じゃあ、あなたがこれを言葉にしてくれる?」という問い。そして、硬直と囁き声から、「かつて彼女の顔だった場所に、微笑みらしきものがかすめた」までの変化。その微笑みに暗示される希望。この微笑みは、ひとりでは持つことのできない、ふたりの人間がそろってこそ生まれる尊厳に関わるものだ――ひとりがもうひとりに、語ることを約束する、その瞬間にこそ生まれる尊厳に。

アフマトヴァを読んでいた当時の私と、アフマトヴァを読む現在の私とのあいだには、十四年の歳月が横たわっている。その十四年を、私はジャーナリストとして、戦地や危機的状況にある土地を旅し、そこに住む人たちの話を聞いて過ごしてきた。それだけをしてきたわけではないが、主にそうしてきた。十四年間、難民キャンプや隠れ家、刑務所、バラック小屋、道端、トレーラーといった場所で、幽閉され、排除され、迫害され、途方に暮れた、青ざめた唇の女性たちや硬直した男性たちと対面してきた。自分の身になにが起きたのかを理解しようとする人たちと。

　私に対しては、彼らは「これ」と言って終わらせるわけにはいかなかった。私は彼らの一員ではなかったからだ。「これ」がなにを意味するのか、私にはわからない。私は、暴力と破壊に支配された場所へと旅をしてきた異邦人だった。彼らの体験を共有してはいなかった。彼らは、自分たちの体験をなんとかして私に伝達せねばならなかった。可能な限り。沈黙する人もいれば、口ごもる人もいた。時系列を逆に話す人もいたし、混乱して話の筋道をそれる人もいた。それくらい急いで自分の体験を伝えたかったのだ。断片的にしか話せない人もいた。語ることが大きな障壁である場合も珍しくなかった。その障壁を越えられない人も、越えたいと思わない人もいた。泣く人もいれば、泣かない人もいた。彼らの話はときにとても事実とは思えないほどで、実際、頭で理解することのできるものではなかった。だが、世界中のあらゆる場所でのさまざまな出会いにおいて、無数の言語で、何度も繰り返し現れる問いがひとつあった。「あなた、これを書いてくれる？」ときには哀願調で、ときには命令調で、私のメモ帳に強い視線を投げながら。そこに書かれた黒い文字が、自らの体験を形にして留めることを願いながら、彼らはそう尋ねた。

　ずいぶん時間がたってから、私はようやく気づいた。彼らが私に書いてほしいと言ったのは、自分たちの体験した不正と苦しみを、世間に事実だと認めさせ、記憶に留めてほしいからだけではなかったことに。彼らは、すべてが起こる前のかつての自分たちがどんな人間だったかを認め、憶えていてほしかったのだ。人に真剣に受け止められるに値する人間として、個人として、主体的人間として。

ジャーナリストとして仕事をしてきた歳月のあいだずっと、私のなかには、冒頭のアンナ・アフマトヴァのエピソードがあった。「かつて彼女の顔だった場所に」浮かんだ微笑みの像は常に私とともにあり、コソヴォでの、アフガニスタンでの、イラクでの、ハイチでの、イスラエルでのさまざまな出会いと対話に反映しているように思われた。[2]

だが、初めてアンナ・アフマトヴァのエピソードを読んでから十五年たち、さまざまな旅を経たいまになって初めて気付いたことがひとつある。かつてはなんの注意も惹かなかったものだ。それは、アフマトヴァの「はい」という言葉だ。

かつての私には、この「はい」という答えは、当然のものに思われたのかもしれない。旅を始める前、フランクフルト学派の学生だったころの私は、自身の視点を転換する——すなわち他者の実存に関わる体験を理解するのみならず、それを言葉にする——能力が自分にはあると、確信していたのかもしれない。

もちろん、私はいまでも確信している。「他者」という領域は存在しないことを、自分のものとは違う文化的、宗教的、美的世界観にも感情移入できることを、自分のものとは違う生活習慣や信念は理解可能であることを。それだけではない。感情移入が我々皆にとって必要不可欠な能力であることも確信している。

だが、証言にともなう倫理的な重圧を知り、言葉にすることに失敗する――そして「これ」を適切に描写するという道徳的任務に失敗する――不安を知っているいまの私は、この「はい」という確信に満ちた答えに、なによりも驚嘆する。

本書では、語ることの障壁を突き止める一方で、まさにその障壁を――他者と力を合わせることで――克服可能なものだと主張したい。この二重の主張は、奇妙で古臭く思われるかもしれない。一方では苦しみと暴力の作用を強調し、それらが被害者を不安に陥れ、彼らに精神的打撃を与え、傷つけるさまを描き、苦しみと暴力とが被害者の想像力を超えること、世界に対する信頼と、「それを描写する」能力を損なうことを主張しながら、他方では、伝えること、誰か他者に打ち明けることの可能性を強調し、「証言を通して非人間化された状態から回復する」という課題に光を当てようというのだから。(3)

この二重性は、現代社会において当然のように信じられているふたつのテーゼへの疑念を表明する

（2）私はアフマトヴァと違って、自分で体験したことを語るのではなく、他者が語ってくれた体験を伝えてきた。この点は重要な相違だ。

（3）Geoffrey Hartman, „Die Wunde lesen“. Holocaust, Zeugenschaft, Kunst und Trauma, in: Gary Smith/Rüdiger Zill（Hrsg.）, Zeugnis und Zeugenschaft, Potsdam 2000, S. 83-110.

ものだ。第一に、目撃者がプロであれ素人であれ、目撃証言をすることは簡単だというテーゼ。映像と画像に重きが置かれるデジタル時代においては、体験を、それがまだ本当の体験でさえないうちからすでに記録し、伝達することが当たり前だと受け止められがちである。シリアの内戦であれ、アラブの春であれ、フェイスブックの上場であれ、そこには簡単には語ることのできない体験もあるのではないかという自己批判を伴う疑念は、消え去りつつある。

そして第二に、上記のテーゼの対極にあるともいえる、「描写できないもの」「語り得ぬもの」があるというテーゼ。すなわち、ある種の犯罪、ある種の経験は、語ることが不可能であり、語ってはならないという姿勢だ。この「語り得ぬもの」というテーゼには常に一種の解釈学上の怠惰があるように思われ、それが私を苛立たせる。だがそれを別にしても、このテーゼにおいて私をなにより戦慄させるのは、それが不正と暴力を不可避的に神聖化するという点だ。(4)「描写できないもの」は、見通すこともできないままだ。どれほど不完全で断片的であろうと、体験を言葉にすることが許されないならば、そして、言葉にとらえる試みさえもなされないならば、被害者は永遠に自身の体験を抱えて孤独なままだ。

これらのテーゼに抗って、本書では次の二点を追求したい。まず、理解可能なもの、語ることが可能なものへの疑念（青ざめた唇の女性の問い）。そして、「はい」（アンナ・アフマトヴァの答え）という言葉が約束するもの、互いのために語ることの倫理性。ジョルジュ・ディディ゠ユベルマンにならって、

本書を「それでもなお語る」ことへの賛歌としたい。(5)

(4) ドミニク・ラカプラもまたこう述べている。「トラウマを伴う極限的出来事はあまりに激烈なため描写不可能であるという主張は、これらの出来事を、不十分に差異化され、拙速に一般化された、大げさな崇高美学で構築してしまうか、あるいは、それらの出来事を（肯定的にであれ、否定的にであれ）神聖化すらする結果につながりかねない」In: Dominick LaCapra, Writing History, Writing Trauma, Baltimore 2001, S. 93.

(5) 実際、本書の議論は構造的に、ディディ＝ユベルマンがその偉大な著書『イメージ、それでもなお』でアウシュヴィッツの写真をめぐる問いを扱った際の議論と似たものになるであろう。すなわち、「想像を絶するできごと」というテーゼに対する疑念と、画像は真実のすべてを伝達するものだというテーゼへの疑念の狭間の細い道のりを進むつもりである。Georges Didi-Huberman, Bilder trotz allem, München 2007.〔ジョルジュ・ディディ＝ユベルマン『イメージ、それでもなお――アウシュヴィッツからもぎ取られた四枚の写真』橋本一径訳、平凡社、二〇〇六年〕

1　さまざまな証人、または——我々に語るのは誰か？

言葉で命にしがみついているのがどういうことか、誰が知っていよう。
ライナー・クンツェ

どんな証人か？

証言について書こうとするなら、さまざまな種類の証言の中で、どの種の証言をどの観点のもとに追究するのかを、明らかにしておかねばならない。奇跡を見たと証言する宗教的証人もいれば、無関係の第三者として法廷における係争で証言する法的証人もいる。また、被害者として自身の苦しみを証言する道徳的証人もいる。(6)

本論では、証言における宗教的および法的議論は扱わない。それらと結びついた、証言の信憑性に関する問い——すなわち、証人の証言に対する疑念は適切なものであるか、証人の証言にはそもそも真実を追求する目的があるかという問い——には言及しない。(7) 知識の伝達としての証言に関する認識論的議論は重要であり、ズィビル・シュミットも述べるとおり、証言をめぐる倫理的、政治的問いから完全に切り離すことはできない。(8) それでもなお、本書ではこのテーマに関しては議論を控える。

本書で扱うのは、証言をするという行為の可能性と必要性という観点から見た、限定的な領域である。すなわち、権利剝奪および暴力という極限体験の証言についてだ。証人が自身の体験を言葉で表現することができないとは、どういうことを意味するのか。青ざめた唇の女性は、なぜ言語化に失敗するのか。彼女はアフマトヴァという他者に、正確にはなにを頼んでいたのか。他者にとって、証言を言語化することにはどんな意味があるのか。記憶することの約束なのか。同情なのか。それとも正義なのか。そして、証言を成功させるには、なにが必要なのか。

極限体験の証言をめぐるジレンマは、いわゆる「生き残り証人」、つまりトラウマを抱えた人間の、心理的問題だとされることが多い。トラウマ研究への関心が高まるにつれて、世間一般の焦点はトラ

(6) アヴィシャイ・マルガリートによれば、道徳的な証人とは「苦しみを経験知として」持っている人間である。この知を証言する証人が単なる同情的な第三者であるならば、その証人は少なくとも「個人的に危険を冒して」証言するのでなければならない。証言の道徳性が本当に証人自身が経験した苦しみまたは冒す危険に基づくのか、それともむしろ証言をしたい、するべきという動機にあるのかは、後に議論されねばならない点である。Avishai Margalit, Ethik der Erinnerung, Frankfurt 2000, S. 60f. 参照。

(7) 以下も参照のこと。C. A. Coady, Testimony. A Philosophical Study, Oxford/New York 2002.

(8) Sibylle Schmidt, Wissensquelle oder ethisch-politische Figur, in: Sibylle Schmidt, Sybille Krämer, Ramon Voges (Hrsg.), Politik der Zeugenschaft. Zur Kritik einer Wissenspraxis, Bielefeld 2011, S. 47 参照。

ウマの原因となる暴力から、トラウマを抱えた被害者へと移ってきた。そして現在では、問題を抱えているのは権利剝奪および暴力という構造や行為そのものではなく、それらにさらされた人間のほうであるとされることが多い。

だが私には、心理的にダメージを受けた被害者という像ばかりを強調することは、証言の道徳的、解釈学的課題を無視する危険につながるように思われる。極度の権利剝奪および暴力にさらされ、生き残ったという体験は、そういった文明の断絶を許した社会における多くの規範的問題を浮き彫りにするものでもある。そのような体験をどう語るべきかという問いは――この観点から見るなら――生き残った者の単なる主観的問いにはとどまらない。それは、疑問を抱き、よく見つめ、耳を傾け、語り継いでいこうとするすべての人間に共通の問いでもあるのだ。そして、正義を目指す社会全体の課題でもある。この課題は、証言者の世代が徐々に寿命を迎えつつある現在では、ますます重要性を増している。

人はいつ証人となるのか?

証人の証言を理解するために、我々はなにを知らねばならないのか。彼らの証言を信じるために、我々はなにを知らねばならないのか。証人は体験者なのか、それとも傍観者なのか。証人が我々に語ることを可能にするためには、我々はなにをしなければならないのか。証人は目撃したことに基づいて証言するのか、それとも伝聞に基づいて証言するのか。その証言は現実の描写なのか、それとも証人のトラウマの徴候なのか。証言は、犯罪そのものを証明するのか、それとも証人の被った傷を証明するに過ぎないのか。[9] それは証言なのか、それとも世間に対する公表なのか。証人はたまたま証人となったのか、それとも職業上、現場に居合わせたのか。自身の身に加えられた虐待を証言せねばならない場合、具体的にどこまでの屈辱が公にされるのか。自身が犯した犯罪を証言せねばならない場合、どの罪が告白されるのか。証言者は、自身に加えられた虐待の体験を描写することで、それらをどう追体験することになるのか。それでも描写する力があるのは誰か。勇気があるのは誰か。

証言の対象となる体験から、どれくらいの時間がたっているのか。それはその場限りの出来事だったのか、それとも持続的状況だったのか。証言者が体験を描写する言葉を探すのは、今回が初めてのことか。それは、堂々巡りの、ためらいがちな言葉なのか。支離滅裂な話なのか。それとも、証人自身による、または第三者による語りの形式がすでに出来上がっているのか。すなわち、すでに集団的記憶に刻み込まれたことがらの、型通りで隙のない、自信に満ちた反復なのか。綿々と伝達されてきたものなのか。会話のなかで、ついでのように無造作に漏らされた言葉なのか。それとも、資料として残すために記録を取って行われた証言なのか。

(9) ズィビル・クレーマーは、証人のなかに刻み込まれた過去の出来事の痕跡について論じている。Sybille Krämer, „Vertrauen schenken. Über Ambivalenzen der Zeugenschaft", in: Schmidt/ Krämer/ Voges (Hrsg.), Politik der Zeugenschaft, S. 127 参照。

証言は誰の、またはなんのためになされるのか。社会的正義のためなのか、または個人的復讐のためなのか。歴史的真実のためなのか、それとも個人的な誠実さのためなのか。語る相手は誰なのか。川の轟々たる流れや銃撃音を描写しなくてもわかってくれる、同じ村の出身者か。それとも、恥ずかしさのせいでためらったり、肯定しながらも首を横に振ったり、後になってから怒りにとらわれたりすることを理解してくれない他人か。または、暴力の共犯者か。見ていたのに、知らないふりをしていた者たちか。犯罪を犯罪だと認識しようとしなかった者たちか。それとも、隙間だらけの話や、理解されない悪夢や、いつまでも消えない恐怖を、なぜだかわからないままに受け継いだ子供や孫たちが相手なのか。

どのように語られるのか。自宅の慣れ親しんだ環境でなのか、それとも法廷の、見知らぬ公的な環境でなのか。内的な記憶の像に沿って語られるのか、それとも画像など外的なものに基づいて語られるのか。語りの速度は自分で決められるのか。それとも、それが善意のものであれ、悪意のものであれ、さまざまな問いが証人の語りの道筋を決定するのか。証人を突き動かす動機はなにか。それとも、証人は語ることを強制されていると感じているのか。語る理由は内的な必然性か、それとも外的な強制か。語りはまず暗闇から引っ張り出す必要があるのか。すなわち、語られるべき出来事は、すでに記憶の底に沈潜し、散漫になり、隠れてしまっているのか。それとも証人の体験はいまでも鮮明で、外へ出たがっており、抑制することができない状態なのか。証言は、証人の近親者に誇りを抱かせるのか、それとも恥辱を感じさせるのか。証言の内容は近親者の誰かを巻き添えにするのか。その近親者を世間の目にさらすことになるのか。どのような規範や規準が、証言者の知覚や感覚を特定の方向へと誘導するのか。そして、どのような規範や規準が、証言しようとする意思を操るのか。

語るのは誰か。

例外的な極限状況から生還した者たちのなかには、即座に証言をしたいという者もいる。彼らの心身からは、凄惨な体験が表現を求めてあふれ出ようとしており、彼らはいわば「内的な口述者」に従って語り、書こうとする。[10] たとえばプリモ・レーヴィは、アウシュヴィッツから解放された直後に、カトヴィツェにあった一時受入仮収容所のロシア軍司令官への報告という形で、凄惨な体験を語り始めた。[11] その後レーヴィは、イタリアへ帰還するまでの長い旅路でも語り続けた。それはいわば語る「練習」だった。まずは試しに、恐々と、自分の極限体験がそもそも伝達可能なものなのか、確信が持てないまま。列車のなかではもう、見知らぬ人たちを相手に収容所というあまりに異質な世界について語っていた。[12] レーヴィはそうやって語りながら、聞き手を試してもいた。自分の体験を、聞き手

(10) Primo Levi, Le métier des autres, Paris 1992, S. 52ff. 本文では以下から引用。Primo Levi, Bericht über Auschwitz, Berlin 2006, S. 11.
(11) Leonardo Debenedetti/ Primo Levi, Bericht über die hygienisch-gesundheitliche Organisation des Konzentrationslagers für Juden in Monowitz (Auschwitz-Oberschlesien), in: Levi, Bericht über Auschwitz, S. 59-99.
(12) Myriam Anissimov, Primo Levi: Die Tragödie eines Optimisten, Berlin 1999, S. 333.

は想像することができるか。想像しようとするか。信じ難い出来事を信じることができるか。自分が語る凄惨な出来事が、聞き手の世界に押し入ってくることを受け入れられるか。それとも、この落ちくぼんだ目を持つ痩せこけた人物と、その人物が語る話とを、ともに拒絶するか。[13]一九四五年十月にイタリアへ帰還するやいなや、レーヴィは執筆を始めた。「自分でも気づかぬうちに」「計画もなく」「秩序もなく」書いていたという。レーヴィの記憶を綴った書のタイトルは、当初『名もなき人々の物語』となるはずだった。それは、もはや証言することができない人々のための証言だった。

ヤン゠フィリップ・レームツマもまた、誘拐され、人質となった体験を、解放されてから間を置かずに書き始めた。レームツマは、急いで書いたようには見えないが、書く動機は、誘拐されるという恐ろしい体験を分かち合う相手が犯人たちしかいないという状態への嫌悪と反発が動機だった。それは、幽閉時の孤独と孤立からのみならず、憎むべき犯人たちと共同生活を送らざるを得なかったという忌まわしい体験からも、自身を解放する作業だった。レーヴィとは異なり、レームツマは他者の名のもとに書くことはできない。苦しみをともにした他者への連帯意識ではなく、自分に苦しみを与えた者たちへの軽蔑から、彼は書いた。

自身の体験を公にすることで、レームツマはある意味、家族の要求をないがしろにすることになった。警察、友人、弁護士、心理学者などが常に傍にいた歳月を経た後、家族はなによりも、世間と距離をおいた静かな生活が戻ってくることを望んでいた。誘拐の犠牲者であるレームツマ自身もその家族も、ともに失われた日常生活を取り戻したいと渇望していた。しかし、両者がそれを取り戻す方法は、同じではあり得なかった。レームツマは、自身の証言をできる限り広め、世間に対して自身をさらす必要に駆られていた。そうすることでしか、体験したばかりのトラウマを乗り越えることができないからだ。幽閉されて孤立し、誰にも見つけてもらえず、鎖につながれ、あらゆる自立行動の可能性を奪われながら、犯人たちとの共同生活を強いられたレームツマは、それを言語化することで、自身の主体性を取り戻す必要があった。(14)

なかには、いたるところに現れるカメラやマイクの要請に従って、惨事の現場で直接話す人たちがいる。彼らはそのせいで、どんどん自身の主体性を失っていくように見える。まず、個別の歴史的事件について言えば、たとえば九月十一日のテロにおいては、ワールド・トレード・センターからの生存者たちが何度も同じ話を繰り返し、それが何度もメディアで再生されることで、彼らの体験はむしろ体験者自身の手を離れていった。同じ話を何度も繰り返すことで、言葉の選び方や話し方が徐々に話の内容から独立していき、体験者は話しながら熟慮することも、出来事を追体験することもなくな

(13)「彼はどこにいようと、自分の体験を語っていた」Anissimov, Levi: Die Tragödie eines Optimisten, S. 349.

(14) レームツマを執筆に駆り立てた動機は多数ある。すでに世間に出回っているストーリーを取り戻し、自分のストーリーにすること。未来のいつか、誘拐されることになる人がいたら、その人に自身の本で慰めと助言を与えること。そしてなにより、誘拐犯たちとの強制的な共同生活の親密性から抜け出すこと。Jan Philipp Reemtsma, Im Keller, Hamburg 1997, S. 15-17.

っていく。こうして、彼らのレポートは時とともに、いつでも取り出して使うことのできる独自の既成の型を持つようになる。それはもはや、語り手に試練を課す語りではない。まだ変遷する可能性を持ち、語り手と同時に聞き手をも変えてしまう語りではない。物語はいわば凍りつき、それとともに、あらゆる感情も反応もまた硬直してしまう。

他方で、持続的状況においては、繰り返し語られ続ける体験がやはりその重みを失うことがある。戦争の真っただ中で、アレッポの住民が各国のレポーターに自身の苦しみを訴えれば、彼らの体験が世界中に伝えられることは間違いない。ときにはライブで。だが、それらの体験が世界中の人の記憶に残るかどうかは疑わしい。いつ終わるとも知れない戦争のレポートにおいては、個々の印象やコメントは、それがどれほど劇的で悲惨なものであっても、重要性を失うように見える。

沈黙するのは誰か。

最後に、解放された後に語らない人たちがいる。ひとつの体験から生還はしたが、その体験を伝えようとはしない人たちだ。沈黙することで、自身が体験した苦しみをも、手の届かない意識の奥底へと沈めてしまう人たち。彼らについて、我々はなにを語るべきなのか。または、彼らが体験したことについて、我々はなにを語るべきなのか。他者の沈黙を的確に説明することができるなどと、誰が主張できよう。沈黙する人たちは、よく言われるように、語ることができないのだろうか。体験があまりに過酷なせいで、または彼ら自身が体験によって損なわれてしまったせいで。それとも、彼らは語るつもりがないのだろうか。彼ら自身と聞き手の我々とに負担をかけたくないと思っているのだろうか。

本書では、こういったさまざまな証人たちと、彼らが語ることを可能にする（または不可能にする）諸条件について論じたい。私の関心は、証人自身が「それ」をどう描写するかにある。証人自身が極限状況での過酷な体験をどうとらえるか。極限体験が彼らの語りの能力を本当に損なったのか、それとも、損なわれたのはむしろ、語りの前提――すなわち聞き手である他者への信頼――のほうなのか。

2　精神的打撃、または——「理解しようと試みない」

魂は盲い、灰の背後に、
聖なる無意味な言葉のなかに、
言葉からこぼれ落ちた者がやってくる、
脳のマントを肩にかけて。

パウル・ツェラン

暴力と破壊は、人を驚愕させる。それらは人を傷つけ、痛みを与えるばかりでなく、混乱させもする。それらは「描写できないもの」である前に、まず「理解できないもの」だ。地震にせよ、誘拐にせよ、拷問にせよ、極限状況はまず、それらがもたらす苦しみの度合いや道徳的打撃とは別の次元で、安心感の喪失を意味する。この世界はどのような場所か、そこにはどんな規範があるか、といったことに関する常識がすべて粉々に砕け散った世界に放り込まれると、それまでの生活におけるなじみの秩序は崩壊する。

トラウマ研究が示すとおり、トラウマの核を成すのは、極限状況において体験したことをどう理解していいのかわからないというまさにその事実である。それゆえ、心的打撃をもたらす決定的な要素は、体験の内容そのものばかりでなく、それらに意味と秩序を与えることを不可能にする、それまでの体験との乖離であるとも言える。[15] 極度の不正と暴力がはびこる環境においてなにを体験するかのみならず、それが彼らの人生をどのように中断させ、体験の「前」と「後」とに分裂させてしまうかもまた、被害者に打撃を及ぼす要素だ。この理由から、ここではさまざまな声（およびさまざまな種類のテキスト）について論じようと思う。その目的は、個々人の苦しみを画一化することでも、暴力という現象を相対化することでもなく、苦しみと暴力が人間に与える打撃を理解しようと試みることである。

極限状況に置かれた個人の根源的な混乱については、ホロコーストから生還した者の多くが書き残している。生還者たちの記憶や報告における、強制収容所を初めて目の当たりにする場面には、なにより混乱の感情、理解できないという感覚がはっきりと見て取れる。彼らが抱く感覚は、まだ道徳的な戦慄でさえない。絶滅の論理に対する怒りでもない。彼らはまずなにより、なんらかの論理を探そうとする。「とてもあり得ないこと」と、それまであり得たこととを結びつけることのできる、なんらかの論理を。

（15） Ulrich Baer, Traumadeutung, Frankfurt 2002 参照。

フランスのレジスタンスの一員で、一九四三年にアウシュヴィッツへ送られたシャルロット・デルボーは、この混乱を特に強調している。「彼らは五列になって到着の道へと歩き出す。それは死への道である。彼らはそれを知らない。それはただ一度しか通ることのない道だ。彼らは秩序正しく進む——非難を受けることがあってはならないからだ。とある建物へたどり着き、ため息をつく。ようやく着いた。そして、服を脱げと怒鳴られたとき、女たちはまず子供たちの服を脱がせる。子供たちがすっかり目を覚ましてしまわないように注意しながら。何日間も昼夜ぶっ通しで続いた旅のせいで、子供たちは苛立ち、ぐずりやすくなっている。次に女たちは、子供たちの前で自分の服を脱ぎ始める。ほかにどうしようもない。やがて、ひとりひとりにタオルが手渡されると、女たちは、シャワーはお湯が出るのだろうかと考える。子供たちが風邪を引くと困るからだ。そして、やはり裸になった男たちが別のドアからシャワー室に入ってくると、女たちは子供たちを抱えて自分の体を隠す。おそらくこの段階で、誰もが事態を理解するのだ[16]」

デルボーのテキストでは、移送されてきた人たちのあらゆる身振り、あらゆる足取りから、彼らが自身を待ち受ける運命を知らないことが見てとれる。彼らの収容所における行動のひとつひとつが、彼らがなにも知らないことを裏付ける。彼らの本能と直感はいまだに機能している。あたかも、まだ慣れ親しんだ安全な世界にいるかのように。たとえば、この環境下で、まるでまだなにかを正しく行うことが大切であるかのように、列を保つ努力をする。誰かに感心してもらおうとするかのように、「秩序」を守る。ごくささいな問題に対する彼らの気遣いはまだ健在だ。たとえば、長旅をしてきた子供たちのことに「注意」を払う。まるで最も大きな困難はすでに乗り越えたとでもいうかのように。子供たちが「風邪」を引かないかと心配する。まるで風邪以上に子供たちの健康を脅かすものなどないかのように。そもそも彼らはまだ、母親としての役割を果たすことができると信じている。自分たちがまだ他者を守ることができると信じている。彼らの恥の感覚もまだ、ごく繊細な刺激に反応する。新たに収容所に到着した者たちのあらゆる身振りや行為は、まだ別の世界のそれなのだ。彼らはまだ、自分たちがどこへやってきたのかを理解していない。これからどんなテロの秩序にさらされることになるのかを理解していない。

「私たちは、互いに言葉もなく顔を見合わせた」プリモ・レーヴィはアウシュヴィッツの駅のプラットフォームへ着いたときのことを、こう描写している。サーチライトに照らされたその場所で、レーヴィは奇妙な人影の群れをふたつ見た。ぞろりとした服をきた影のような人間たち。汚れ、擦り切れ、不安定な歩き方、不安げな身のこなし。「すべてが理解しがたく、現実のものとは思えなかった」[17]。収容所への列車の旅からしてすでに、すべての権利を剝奪された例外的状況への通過儀礼の役割を果たしていた。〔実際、生還者は皆、列車の旅のことを、収容所そのものと等しく強烈な体験として描いている。プ

(16) Charlotte Delbo, „Keine von uns wird zurückkehren", in: Trilogie, Basel / Frankfurt 1990, S. 13.
(17) Primo Levi, Ist das ein Mensch? München 1991, S. 19.〔プリーモ・レーヴィ『これが人間か』(改訂完全版)、竹山博英訳、朝日新聞出版、二〇一七年〕

リモ・レーヴィ、ロベール・アンテルム、ルート・クリューガー――全員が、収容所への移送を詳細に描写している。）だがそれでも、収容所へと移送されてきた者たちは、いまだに残虐の秩序に適応することができていない。彼らの知覚も習性も、平和な時代に形成されたものだ。彼らはまだ、安全な世界の秩序や慣習に則って思考し、行動している。自身の行動によって相手の敬意または拒絶の反応を引き出すことが可能な世界（「彼らは秩序正しく進む――非難を受けることがあってはならないからだ」）、自身の態度と周りの環境とにそもそもなんらかの関連がある世界だ。彼らはいまだに、相互関係の法則が、同じ価値を持つ者どうしの共存という法則が存在すると想定しているように見える。

「新入り」たちにとって、残虐な暴力との出会いは、なによりもまず彼らの認識が脅かされることを意味する。レーヴィによれば、強制収容所とは単に身体的、実存的な脅威ではない。その不条理さ、理解不能性にもまた、危険が存するのだ。混乱した囚人は、恣意が支配する収容所に秩序を探す。狂気が支配する場所になんらかの理性を求める。囚人のなかのなにかが抵抗する。あたかも残虐は不道徳であるばかりでなく、非論理的でもあるかのように。ヴァルラーム・シャラーモフは、コルイマのグラーグで過ごした時期を描いた短編に、こう書いている。「事前に的確な想像をするのは難しい。すべてが見慣れず、非現実的に思われるからだ。人間の脳では、ここでの生活についての具体的な像を描くことはできない[18]」

脳内の処理能力が追い付かない新入りたちが、体験を「非現実的」だと感じることは、彼らが理解不能なことがらを簡単で無害なものに置き換えるための言葉や比喩を探すことからもわかる。自分の目で見ているものを、具体的に、正確に、直接的に言葉にしてしまえば、それはもはや拒絶することのできない事実になってしまう。それゆえデルボーは、白い雪の上に横たわる青みがかった裸の女性たちの死体を、[19]「ショーウィンドーのマネキン」と呼ぶ。記憶の底にあるその光景を、耐えやすいものにするために。「私たちは、理解することなしに見つめていた」と、デルボーは書いている。「私たちは見ていた。叫ぶ目で。信じない目で」

こういった理解不能な世界は、子供たちとは違った形で大人たちを脅かす。「残虐の規範」に直面したとき、誰よりもまず打撃を受けるのは大人たちだ。別の規範、別の秩序のもとで育ってきた彼らは、新たな規範を理解することができないのだ。イスラエルの歴史家オットー・ドフ・クルカは、理解不能なものに直面したときのショックについて書いている。そして、アウシュヴィッツの青年・子供棟にいた少年である自分が、なぜそのショックを体験しなかったのかを。「というのも、それが私の触れた最初の世界であり、最初の生活秩序だったからだ。選別と死の秩序は、世界を支配する唯一確実な秩序だったのだ。だからそれらすべてが、ほとんど当然のものだった」[20]

(18) Warlam Schalamow, Durch den Schnee. Erzählungen aus Kolyma 1, Berlin 2007, S. 141.〔ヴァルラーム・シャラーモフ「雪の上を」『極北コルィマ物語』高木美菜子訳、朝日新聞出版、一九九九年〕
(19) Delbo, „Keine von uns wird zurückkehren", S. 24f.
(20) Otto Dov Kulka, Landschaften der Metropole des Todes. Auschwitz und die Grenzen der Erinnerung und der Vorstellungskraft, München 2013, S. 41f.〔オトー・ドフ・クルカ『死の都の風景――記憶と心象の省察』壁谷さくら訳、白水社、二〇一四年〕

だが大人たちは、選別と死の秩序とは別の世界、別の秩序を知っている——それゆえに、新たな世界に到達すること、新たな世界を「理解する」ことを、意識が拒むのだ。

レーヴィの著作でも、収容所での出来事の理解不能性が繰り返し語られる。人から服と髪を奪うこと、人を狭くて不潔な住空間に押し込めること、人を苦しめることは、比較的容易かもしれない。だが、人から主体性を奪うことは、決してたやすくはない。不条理な経験が支配する状況においても、理性と習慣は容易についていてはいかないのだ。

それゆえ、合理的に思索する人間こそがテロの秩序に屈すると言えよう。たとえばジャン・アメリーにとって、合理的、分析的思索は、収容所の環境においてはなんの助けにもならず、むしろ「自己破壊の弁証法」を促進するばかりだった。[21] というのも、重労働、点呼、寒さのなかでの待機、行進をこなしながら、同時にこういった拷問に論理を探すのは、非常にエネルギーを奪う行為だからだ。暴力という謎を解き明かすことができるはずだと思ったままでは、必要な時間が無駄に過ぎ去ってしまう。同じ時間を、より早く適応することに使ったほうが、生き残るためには好都合かもしれないのだ。一ページ、また一ページと、レーヴィは新入りたちがこのテロという新しい秩序のなかで「学ばねばならない」ことを書き綴っていく。なにより大切なのは、"ne pas chercher à comprendre" すなわち「理解しようと試みない」ことだ。

組織的な権利剥奪と人権侵害が支配する世界においては、分析と批判というそれまでの生活で身についた機能はもはや役に立たない。むしろ、それまで見知っていた世界との不調和を認識することは、判断力を麻痺させる結果となる。なにがそれほどの混乱を生むのだろうか。ほかの非日常的な瞬間や、より軽度の衝撃における場合とは違って、極限状況において打撃となるのは個々の要素ばかりではない。日常においては当然の前提とされている道徳的、美的な期待、予測が通用する場所では、個々の疑わしい状況や、習慣の断絶は、それほどの混乱をもたらすことはない。慣習や通念との驚くべき不一致、または不正でさえも、それが個々に現れる事象である限り、我々は世界と自分との関係のなかに組み入れることができる。そもそも、生活世界を分かち合う人間どうしの共存は、そうすることでのみ可能になるものだ。常にすべてを同時に問題視する必要のない社会、だが必要ならば個々の実践や信念に説明を与えることも可能な社会でのみ。危機的な状況においてもまた、社会に関する知の深層を揺さぶる事象は、通常ならその社会の一部でしか起こらない。[22]

ところが、例外的極限状況においては、被害者は局地的であると同時に総体的な暴力に直面する。あたかも、それまで大前提として存在した世界全体の背景を成す知が突然すべて崩壊し、暗黙の確信

(21) Jean Améry, Jenseits von Schuld und Sühne. Bewältigungsversuche eines Überwältigten, in: ders., Werke, Band 2, Stuttgart 2002, S. 36.〔ジャン・アメリー『罪と罰の彼岸——打ち負かされた者の克服の試み』(新版)、池内紀訳、みすず書房、二〇一六年〕

(22) Jürgen Habermas, „Handlungen, Sprechakte, sprachlich vermittelte Interaktionen und Lebenswelt", in: ders., Nachmetaphysisches Denken, Frankfurt 1988, S. 88 ff 参照。

が突如霧散したかのように。

こうして、暴力と恣意の被害者は頻繁に、一種の連続性を構築しようと試みる。なんらかの方法で、目の前の狂気に放り込まれる以前には有効だった確信を救おうとする。あらゆる道徳的、文化的な期待や予測や拠り所を即座に切り捨てることのできる人間などいるだろうか。確立された規範のすべて、生きる上で根本的な習慣が突如として揺らいだときに、それを簡単に受け入れることができる人間などいるだろうか。そんな状況に直面したとき、人はすべてが狂ってしまう以前の世界に生きていた自分にしがみつこうとするものだ。

証言者はあまりに大きな精神的打撃を受けており、外的状況について有効な証言をすることなどできないのではないかというのが、証言に関してしばしば議論される問題だ。しかし一方で、始めには常に、まだ打撃を受けていない人間が、激変した状況を理解する妨げとなるのだ。

それをどう表現するか。そういった衝撃をどのように言葉にするか。

私自身の経験から、ふたつの例を挙げたい。

「いや、新しい靴を買っていったんですけどね」と、アデム(23)は言った。まるでそれが、一九九〇年代に彼が体験した移送と拷問について語るのに最適の始まりだと言わんばかりに。背を丸め、目を伏せ、背中を常に自宅の安全な壁に向けて座るアデムは、あたかも自宅でさえまだ殴られる可能性があると思っているかのようだった。

「真新しい靴です。すごく高かったんです」アデムはそう繰り返した。レポーターとして彼の話を聞こうとしている私がきちんと理解できるよう、強調した。だがその言葉は、アデムが語る話とはなんの関連性もなかった。それは、話の流れのなかからほつれて飛び出し、どこにもつながらない一本の糸のようなものだった。

「いや、新しい靴を買っていったんですけどね」

いつ？　なんのために？　その靴は、アデムのユーゴスラヴィアからの逃避行とどんな関係があるのか？　ドイツで、寄る辺ない亡命認定申請者として、バラックや難民収容施設を次から次へとたらいまわしにされた日々とどんな関係があるのか？　アデムが買ったという靴は、彼がドイツから追放された理由でもなければ、それに続くユーゴスラヴィアでの虐待の理由でもなかった。

やがて、アルバニア系コソヴォ住民であるアデムは、当時はまだユーゴスラヴィア全体に属していた軍隊から逃亡した経緯を小声で語り始めた。そのまま軍にいれば、兵士として犯すことになったで

（23）仮名。

あろう犯罪から、そして、自分の身に降りかかったであろう犯罪から逃げた経緯を。ドイツに着いて、亡命を申請し、故国に帰れば危険が待ち受けている証拠はじゅうぶんあったにもかかわらず、申請が却下された経緯を。

訥々と、だが時系列に沿って、アデムは拒絶的なドイツの官僚機構から官僚機構へと続いた流浪の旅について語った。結局アデムは、三十日以内に「自由意志で」ドイツを去るように言われた。でなければ強制送還されることになると。

「妻が荷造りをしてくれました」

再び、板の表面からはがれかけて飛び出た木くずのような言葉が出てくる。ここでアデムは、小さなモカのカップから一口飲み、続いてデュッセルドルフの空港からコソヴォまでの旅について語った。プリシュティナで——やはりドイツを追放されたもうひとりの亡命者とともに——入国審査を待つ列から引っ張り出され、空港の片隅にある寂しい場所へと連れていかれたこと。そこで身分証明書を取り上げられ、荷物をかき回されたこと。そして、荷物のなかに、恐れていた故国への帰還に際しては致命的なことに、ドイツへの亡命申請書類が見つかったこと。そして、アデムをドイツで故国の政治的迫害と拷問から守ってくれるはずだったまさにその書類が、ユーゴスラヴィアにおける虐待のきっかけとなったこと。書類には、アデムが体制批判者であり脱走兵であると記されていたのだ。それは、ドイツのノルトライン・ヴェストファレン州の裁判所の見方では、ドイツ滞在許可を得るための本人の主張に過ぎなかったが、いまだにセルビアの支配下にあった半共和国コソヴォの入国審査官の見方では、反国家活動の明白な告白だった。

ここでアデムの話は途切れ、再び最初から始まった。

「いや、新しい靴を買っていったんですけどね」

アデムは再び、失敗に終わった亡命申請について、ドイツからの出国とプリシュティナでの入国審査について語った。そして、空港で逮捕された場面までたどり着いた。ところがそこで、またもや最初から話し始めた。そしてまたしても、一見なんの関係もない「百マルクもする」新しい靴に言及した。それから、失敗に終わった亡命申請の話が続き、再びプリシュティナの空港の場面になる。


傷がついたレコードに落とした針さながら、アデムの話は常に同じ場所で軌道から外れた。どれほど頑張っても、入国審査の列から引っ張り出されてから後のことへと、話をつなぐことができなかった。殴打、傷、痛みへと話をつなぐことができなかった。まるで助走を必要とするかのように、アデムの思考は逆戻りし続けた。そして、同じ話を繰り返しながら、力を蓄えていった。やがてついに、一息に虐待の話に着地した。まずは空港で、その後移送されたベオグラードで拷問を受けた。セルビア政府は、簡易裁判によってアデムから国籍を剝奪し、その後彼を殴り、辱め、痛めつけて、再びドイツ行きの飛行機に乗せた。「自由意志による」出国から二週間後、ぼろぼろに引き裂かれたシャツを着て、血まみれで腫れあがった顔と体で、アデムはデュッセルドルフの空港に到着した――足には靴下しか履いていなかった。靴は、失ったばかりの故国で拷問吏に取り上げられたのだと、アデムは言った。

「いや、ドイツで新しい靴を買っていったんですけどね。高かったんですよ」

こうして、ここで突然、それまでどこにもつながらなかった糸が再び現れる。そしてようやく話の流れのなかに収まり、意味を成すのである。

アデムが語る新しい靴は、トラウマ体験による打撃の徴候である。ものごとのなじみの秩序が崩壊し、状況の変化に対する意識が現実についていけない。一度こういった劇的なプロセスの渦に呑み込まれてしまうと、言葉は失われたばかりの世界にしがみつこうとする。こうして突然、時系列からはみ出した言葉が出てくる。ずれた思考または言葉は、新たな恐るべき世界で自らの演じるべき新たな役割を受け入れることをいまだに拒む人間の心理状態の現れなのである。

身分証明書も持たず、靴も履かずに、古い世界に到着した血まみれの汚れた難民であるアデムは、かつての自分にしがみつく。すなわち、「百マルクの新しい靴」を買うことのできた自分に。靴と結びついたステイタスは、二週間前のアデムにとっては、おそらく言及に値するほどのものではなかっただろう。だが、失った瞬間に初めて、靴はその象徴的価値を取り戻したのである。

こういった事象は、時系列を混乱させる。語る人間が、明らかに自身の現在と折り合いをつけられない、またはつけたくないからだ。こうして彼らは、まだ損傷を受けていなかった自身の過去と、損傷を受けた現在とを断絶させることで、自身と、自身が折り合いをつけねばならない残酷な秩序から乖離するのだ。

一九九八年、正直に言えばまだ非常に若く経験の浅いジャーナリストだった私は、アデムの靴の話を記事にしようと試みた。単にドイツからコソヴォへ、そしてまたドイツへというアデムの二度の送還についてのみではなく、アデム自身がその話をどう語ったかを書きたかった。アデムの経験した暴力が一種の痕跡として刻まれているように見える、引きずるような、躓きがちの語りについて書きたかった。

だが私の書いた記事は、掲載不可能だとして即座に突き返された。こんな形では活字にできないと言われた。おそらく私の筆力が足りず、うまくまとめることができなかったせいもあるだろう。だがおそらくはまた、ニュース雑誌に掲載される記事には、証明可能な事実に焦点を当てることが求められたせいもあるだろう。求められたのは体に残る拷問の痕跡であって、語りに残る痕跡ではなかったのだろう。それとも、亡命者の混乱した語りを、あたかもそこに意味があるかのように扱うことで、私の記事はあまりにも複雑になってしまったのだろうか。いまでも理由はわからない。当時の私には、記事が不採用になった理由を尋ねる勇気がなかった。

その後、二〇〇一年九月十一日、ニューヨークでのテロ攻撃の直後に、私は生き残った複数の人々にインタヴューをした。そのなかのひとりに、市の交通局のひとつで、ワールド・トレード・センターのサウスタワーにあった「ポート・オーソリティ」のエンジニアであるジョーがいた。二機の飛行機が「ツインタワー」へ突っ込んでから一時間ほどたったころだったろうか。ジョーの右耳からはまだ血が流れており、シャツの襟には、流れた血がアスベストの灰と粉塵と入り混じってすでに固まり、こびりついていた。ジョーはマンハッタンの混乱のど真ん中にいた。どろどろに汚れた灰色の顔の人たちがそばを通りすぎ、警官や救急隊員が、煙を上げて燃える一面の瓦礫に向かって走っていた。「八時三十分に出勤してきたんだ。それからコーヒーをいれた」ジョーはそう語り始めた。「そうしたら、急に地震が来たみたいな揺れを感じた。窓から、あちこちで建物がばらばらになって宙を飛んでいくのが見えた。みんなですぐに避難しようと思ったんだけど、なにしろ七十三階だから――地上に着くまでに永遠かかってくらい時間がかかった。そのとき、衝撃があって――信じられないくらいの衝撃で――、建物が揺れた。まだみんななかにいたのに」

ワールド・トレード・センターの建物内部での出来事についてのジョーの話のなかには、ひとつだけほかから浮いたエピソードがあった。「コーヒー」だ。出勤したという話には、時間を知るという機能がある。その後に続く話も、切れ切れに並べられたものだとはいえ、第一の攻撃を免れたサウスタワーからの避難という劇的な体験に関する情報を聞き手に与えるものだ。最初のタワーが崩壊するのを窓から見たときの反応（「あちこちで建物がばらばらになって宙を飛んでいくのが見えた」）、まだジョーたちがサウスタワーの下層階にいるときに加えられた二度目の攻撃（「まだみんななかにいたのに」）、あいまいな自己非難（「地上に着くまでに永遠かかってくらい時間がかかった」）にいたるまで、すべてが具体的または感情的描写の文脈のなかに置かれて違和感のないものだった。ただ「コーヒー」の話だけは、最初に耳にしたとき、ジョーがたったいま命拾いをしたばかりの歴史的大惨事を考えれば、奇妙に通俗的なエピソードに思われた。「まだみんななかにいたんだ。あたりは粉塵まみれで、なにも見えなかった。なにもかもがあの粉塵の色一色で。あのべたべたした白い色は、一生忘れられないよ。火山が爆発したみたいだった。そのうち僕はころんだ。実は全然覚えてないんだけど。ただ膝から血が出てるのを見ただけなんだ。もう十三年間もあの建物で働いてるのに」ジョーはここで言葉につまり、ためらった後、やがてこう言った。「僕のコーヒー、まだ机の上にあるはずなんだ……あのコーヒー……いれたばっかりだったのに……忘れてきちゃった……いまはもうないだろうな」

心理的ショックの深さを表すのは、「机の上のコーヒー」のようなささいなエピソードである。凄惨な体験によってもたらされた内的な衝撃を表すこういったエピソードが明らかにするのは、次の二点だ。こういった惨事の被害者が、自分の置かれた状況にまずは疑念を持つこと。そして、自身の過去を象徴するかに思われる概念や像にしがみつこうとすること。それは、たったいま失ったばかりの安心感を返してくれる概念や像（「新しい靴」または「いれたてのコーヒー」）なのだ。[24]

つまり、語りの混乱は、例外的状況への反応というよりは、むしろまだ破壊されていない人間の表出だと言える。この破壊された世界で自身の身に起きたことをいまだに理解できず、描写できない人間は、まだ人間として破壊されてはいない。こういった時期にある被害者を単純に病んでいると決めつけるのは、あまりに拙速だ。また、被害者の周囲の状況ではなく、被害者自身に問題があると決めつけるのは、あまりに軽率だ。

まず最初に揺さぶられるのは、自我と世界との関係なのだ。よく語られるような「破壊された被害者」は、その後に初めて、破壊された世界を体験することで作られるのである。

(24) メディアにおいて後から振り返ったり、コメンテーターが分析をしたりする場合、被害者は被害者としてしか描写されない。彼らは非日常的な極限状況になんとか適応せねばならなかった個人としては描写されない。ボスニアの作家であり翻訳家であるエミール・スリャギッチは、スレブレニツァの例を挙げて、被害者への単純化された見方を批判する。「その死については、すべてが知られている。少なくとも我々はいま、すべてを知る意志があるふりをしている。我々は新聞のコラムで彼らの死を蹂躙しながら、彼らの人生については決して問おうとしない。我々は、ほかの誰とも同じように素晴らしい、または善良な、または悪辣な人間だったこの人たちについて、なにひとつ知りはしないのだ」Emir Suljagić, Postcards from the Grave, Bosnian Institut 2005, S. 12.

3 「物体」への変身

我々は流されるままに漂い、「座礁した」(…)。もはや我々の感情を掻き立てるものなどなかった。他者の意志に委ねられたまま生きることなど簡単だった。

ヴァルラーム・シャラーモフ

画家のフランシス・ベーコンは、四十年代に創作した「ヘッド」シリーズの第一作である「ヘッドI」で、変形した生き物を描いている。それは体のない顔の歪んだ残骸で、口は大きく開かれ、叫んでいるように見える。苦しみの塊と化した人間。苦しみと痛みにさらされたその塊の周囲には、この世界の痕跡はほとんど見られない。苦しむ人を取り囲んでいるのは、さらに荒涼とした背景ばかりだ。そこがどんな建物のなかなのか、どんな部屋なのかもわからない。背景にはなんらかの空間の一隅が暗示されているに過ぎない。鉄の棒が見える。もたれかかって休むためのものだろうか。人を縛り付けるためのものだろうか。それ以外には、なにもない。痛みのほかはすべて、暗闇に呑み込まれてしまっている。変形した人間は、そこにひとりきりでいる。ベーコンの描くその人物は、叫ぶか泣くかしている口に集約されている。他者を認識するべき目は、描かれていない。

空間も目も失い、痛みにのみさらされ、暗闇のなかで朽ち果てていくかのようなその人物は、権利剥奪と暴力との及ぼす作用を表しているように見える。拷問や強姦を生き延びた元囚人たちが語るのも、まさに同じだ。暴力は人を孤立させる。ヤン＝フィリップ・レームツマが書いているように、それは人を孤独にし、「世界から振り落とす」[25]のだ。この表現は、頻繁に使われる。[26]ヘルタ・ミュラーもまた、ソ連の収容所での初日にオスカー・パスティオールの身に突然降りかかった恐怖を、「世界からの墜落」[27]と表現している。

非常事態においては、かつての人生と現在の歪んだ人生とのあいだには、なんのつながりもないように思われる。世界にも物にも、なにひとつ似通ったところがない。言葉や観念との慣れ親しんだ関係もない。単純な物体（机、いす、箒、暖房）さえ、もはや無害な存在ではなくなる――一度でも残酷な虐待の道具として使われてしまえば、それらの物は変身し、それらの名前はなじみのないものになってしまう。

かつて床を掃くのに使われた道具は、後に虐待に使われた場合、それまでと同じ名前で呼ばれていいものだろうか。かつては飲み物の容器だった物は、後に性暴力の道具になった場合、それでも「コーラの瓶」と呼ばれていいものだろうか。「メニュー」という言葉は、一度それが拷問の種類のヴァリエーションを表す言葉として使われた後に、再びさまざまな料理の選択肢を意味する言葉に戻ることができるものだろうか。(28) 世界が接近不可能なものに変わってしまう衝撃のもとでは、なにもかもがフランツ・カフカやE・T・A・ホフマンの小説における悪夢を思わせる。かつてはなじんでいた物が、もはや無害な存在ではなくなり、安心できる場所などどこにもなくなるのだ。

　しかし、見知らぬ脅威に変身するのは世界のほうばかりではない。暴力にさらされる人間自身もまた、「座礁」し、自身の限界へと達するのだ。こう言うこともできるだろう——彼らは自分自身から零れ落ちる、と。シモーヌ・ヴェイユが『イリアス』について語っているように、暴力は「それに苦しむ者を誰であれ物体へと変えてしまう」のである。(29)

---

(25) Reemtsma, Im Keller, S. 72.

(26) イスラエルの作家デイヴィッド・グロスマンは、最新の著書で「時間から零れ落ちる」という表現を使っている。時間から零れ落ちるのは、まずは死んだ息子だ。ところが徐々に、父親もまた、息子の死を悲しむことで、他者との共通の時間から「零れ落ちる」ことが明らかになってくる。David Grossman, Aus der Zeit fallen, München 2013.

(27) Herta Müller, Lebensangst und Worthunger, München 2010, S. 17.

(28) 「メニュー」については、中国の体制批判者であるリャオ・イウが書いている。Liao Yiwu, Für ein Lied und hundert Lieder. Ein Zeugenbericht aus chinesischen Gefängnissen, Frankfurt 2011, S. 126 ff.

(29) Simone Weil, Die Ilias oder das Poem der Gewalt, in: Simone Weil, Krieg und Gewalt. Essays und Aufzeichnungen, Zürich 2011, S. 161.〔「シモーヌ・ヴェーユ「『イリアス』あるいは力の詩篇」『ギリシアの泉』冨原眞弓訳、みすず書房、一九九八年〕また、以下も参照。Simone Weil, Cahiers. Aufzeichnungen, Erster Band, Heft 1, 1933-1940, München, S. 69.〔シモーヌ・ヴェーユ『カイエ 1』山崎庸一郎・原田佳彦訳、みすず書房、一九九八年〕

極度の不正と暴力が人間の語る能力をどれほど破壊するかを理解するためには、人間がどのように「物体」にされるのか、または「座礁する」とはどういうことなのか、そのプロセスを明確にすることが重要だ。

極度に権利を剝奪され、労働収容所や刑務所などで無防備な状態に置かれると、人間のエネルギーのすべては、生き延びるというただ一点に集中する。殴られ、震え、汗をかき、飢え、埃や汚物にまみれ、シラミにたかられ、屈辱を受け、傷つけられ、常に暑さや寒さや無力感と闘い続ける状態では、人の精神的な努力は、根源的な欲求のみに集中することになる。靴紐の代わりになる針金はどこで手に入るか、サソリや蜘蛛をどう避けるか、仮設便所に行く際、ブリキの鉢を泥棒や排泄物からどう守るか、食べ物と交換できるなにかをどこで盗むことができるか、「砂男」メソッドという睡眠妨害にどう耐えるか[30]、大音響または静寂にどう耐えるか、扱いをよくしてもらうために、看守になにを差し出すべきか、殴られるときに筋肉をどう緊張させるか。

「世界と自我と声が失われる」アメリカの哲学者イレーヌ・スキャリーは、拷問の作用についてそう書いている[31]。痛みはあらゆるエネルギーを一点に収斂させる。恐怖と同様、痛みもまたすべてを支配する。痛みは肉体を徹底的に苦しめるせいで、あらゆる身体的機能は必然的にそれに対処するために使われざるを得ない。そして、人間のその他の面はすべて、二次的なものとなる。好奇心も憧れも、なんらかのテーマや人に対する関心も、痛みの力の前にはすべて消え去ってしまう。人の個人的な特徴は、徐々に曖昧になっていく。

読者カード

みすず書房の本をご購入いただき，まことにありがとうございます．

書　名

書店名

・「みすず書房図書目録」最新版をご希望の方にお送りいたします．

（希望する／希望しない）

★ご希望の方は下の「ご住所」欄も必ず記入してください．

・新刊・イベントなどをご案内する「みすず書房ニュースレター」（Eメール）をご希望の方にお送りいたします．

（配信を希望する／希望しない）

★ご希望の方は下の「Eメール」欄も必ず記入してください．

（ふりがな） お名前　　　様		〒
ご住所　　都・道・府・県	市・郡	
	区	
電話　　（　　　）		
Eメール		

ご記入いただいた個人情報は正当な目的のためにのみ使用いたします．

ありがとうございました．みすず書房ウェブサイト https://www.msz.co.jp では刊行書の詳細な書誌とともに，新刊，近刊，復刊，イベントなどさまざまなご案内を掲載しています．ぜひご利用ください．

郵便はがき

料金受取人払郵便

本郷局承認

4150

差出有効期間
2022年5月
31日まで

113-8790

東京都文京区
本郷2丁目20番7号

みすず書房営業部
行

通信欄

（ご意見・ご感想などお寄せください．小社ウェブサイトでご紹介させていただく場合がございます．あらかじめご了承ください．）

こういった状態が、一時的な惨状ではなく、何年にもわたって続いたらどうなるだろう。ここまで機能を縮小させた生き物になる体験が、一度きりの短いものでないとしたら。屈辱的な扱いを受ける、貪欲で、はかない「なにか」である時期が、何か月も何年も続くとしたら。自分が自分自身でも見知らぬなにかである時期が。なじんだ日常生活、染みついた嗜好や特徴をすべて奪われて、ただただ生き延びるための最低限の欲求にのみ還元された生き物である時期が——食べ物、暖、睡眠、排泄、痛みの忌避、生存。殴られ、強姦される生き物、もはや反抗できず、身を守ることもできない生き物である時期が。

変わってしまった自分自身に対する驚愕は、プリモ・レーヴィの著書のタイトルにも表れている。『これが人間か?』最初にこのタイトルを目にした人は、これは加害者の人間性への疑念を表しているのだと考えるだろう。他者を苦しめ、虐待する人間は、人間なのか? 他者をなんのためらいもなく殴ったり殺したりし

(30) ムラート・クルナッツは、『我が人生の五年間——グアンタナモからのレポート』で、二〇〇二年末にグアンタナモ刑務所の指揮を引き継いだジェフリー・ミラー少将が導入した「砂男作戦」について書いている。それによれば、囚人は一時間から二時間おきに起こされ、別の房へと移動させられたという。Kurnaz, Fünf Jahre meines Lebens, Berlin 2007, S. 185.

(31) Elaine Scarry, The Body in Pain, The Making and Unmaking of the World, Oxford 1985, S. 35.

ながら、次の瞬間にはバッハのインヴェンションを演奏することができる人間は、人間なのか？　ところが驚いたことに、レーヴィはこの著書の全体を通して、もうひとつの、むしろ一層不穏な問いを投げかけている――同胞から靴や食べ物を盗む人間は、人間なのか？　夢見ることを忘れ、次の食事のこと以外にはなにひとつ考えず、他者が拷問されるのを見ても黙っているだけの人間は、人間なのか？

「言葉にならない」という表現の核は、そこに――すなわち「座礁」した場所に――こそある。世界からも自己自身からも疎外され、単なる物体へと収縮した人間が、どうやって言葉を見つけられるというのか？

ロベール・アンテルムは次のように書いている。「私は思い出そう、皆が家では私と会話していたことを。誰かが私ひとりに向けて言葉を発するということが、本当にあったのだ(32)」相手と向き合っての会話、人と人とが人間どうしとして交わす会話というものを、アンテルムは収容所生活で失ってしまった。

収容所では、一方の側の人間が発する命令や指示がある。個人ではなく、集団に向けられるものだ。それは語りではあっても、誰かへの語りかけではない。答えることが許されないからだ。それは言葉でありながら、同時に会話の拒絶でもある。そしてもう一方の側の人間たちは、黙ったまま従うしかない。彼らどうしで話すことも、恐怖のせいで、またはあまりの疲労のせいで、ままならない。

間違ったひとことが鞭や侮辱に結びつきかねない状況で、そもそも誰が話そうなどと思うだろう。話す時間に寝ることができるのなら、誰が話そうなどと思うだろう。人の個人性を奪う手段は、髪型を統一し、同じ服を着せ、全員を名前のない集団にすることのみではない。互いに個人として交わすことのできる会話の欠如もまた、個人性の喪失につながるのだ。実際、会話が不可能な理由はあまりに多い。極度の疲労、会話に必要な体力の欠如、恐怖心を克服することの難しさ、といった問題もあるが、それ以前に、単に会話のしかたを忘れてしまうという理由もある。そしてなにより、主体性をなくしたという感覚。

どうやって「私は」と言えばいいのか？　誰が言うのか？　誰に言うのか？

自分が他者の意のままになる存在に過ぎないことを思い知った人間、自発的に行動することがもはやできない人間、あらゆる主体的な選択肢を奪われたことを思い知った人間——彼らにとって、他者に向ける言葉など、ほとんど非現実的なものに思われる。[33]

ハンナ・アーレントが「人間的なことがらの絡み合い」[34]と呼ぶもののなかで——すなわち他者との

（32） Robert Antelme, Das Menschengeschlecht, Frankfurt 2001, S. 149.〔ロベール・アンテルム『人類——ブーフェンバルトからダッハウ強制収容所へ』宇京頼三訳、未來社、一九九三年〕

会話や相互理解を通して——自己認識へと至る言語的存在である我々は、他者から個人として認識されることを必要とする。我々の自意識は、孤独のなかでひとりでに成立するのではなく、他者とのつながりややりとりによって形成されるものだ。[35] そして、他者とのつながりのなかで、他者によって認められるのは、人間としての尊厳でさえない。尊厳以前に、自分の「自我」を自覚し、理解するというそれだけのために、人は他者を必要とするのである。[36]

人間関係の一形式としての他者との会話なしには、我々は自分自身にも世界にも確信を持つことができない。我々は、自身の経験をひとつの物語にあてはめることを必要としている。人生がどれほど曲がりくねった道を進もうと、我々はその流れをなんとか形にして語ろうと試みるものだ。振り返って語ることで、我々はときに、山あり谷ありだった道のりを平らにならす。だが、語ることで、我々はなにより、意図した道のりや意外な道のりを追体験する。そして、経験したことを初めて言葉にし、偶然に意味を与え、災難にも意義を見出し、そうすることで自分という人間に一定の輪郭を与える。後から体験したことが以前の体験を書き換えることもあるし、過去の出来事に関する知識のために、新たな経験が、決して新しくなどない、古い出来事の繰り返しに過ぎないかのように語られることもある。

つまり、自身の継続的なアイデンティティが証明され、確認され、問われるのは、他者との会話においてなのだ。他者との会話によってはじめて、体験したことを理解し、それを経験として形式化することが可能になる。人間のあらゆる特色や相違点、類似点、多様性——すなわち個人性——は、他

者の承認または拒絶を通して初めて浮き彫りになるものだ。(37)

他者との交わりにおいてのみ、我々は個人のアイデンティティという糸を手にして、編み上げることができる。自身のアイデンティティを見出し、常に新しく構築しなおすために、我々は他者を必要とし、他者に依存している。言語的存在である我々のもろさは、まさにその点にある。

(33) この点で、ルート・クリューガーは注目に値するべき例外だ。彼女はテレジエンシュタット収容所で過ごした時代について、自分はそこで「社会的存在」になったと書いている。Ruth Klüger, weiter leben. Eine Jugend, Göttingen 1991, S. 102.〔ルート・クリューガー『生きつづける――ホロコーストの記憶を問う』鈴木仁子訳、みすず書房、一九九七年〕

(34) Hannah Arendt, Vita Activa oder Vom tätigen Leben, München 1981, S. 171-180.〔ハンナ・アーレント『活動的生』森一郎訳、みすず書房、二〇一五年〕

(35) エミール・デュルケームおよびジョージ・ハーバート・ミード参照。また、Jürgen Habermas, „Individuierung durch Vergesellschaftung"〔ユルゲン・ハーバーマス「社会化による個性化」『ポスト形而上学の思想』藤澤賢一郎・忽那敬三訳、未來社、一九九〇年〕も参照。Jürgen Habermas, Nachmetaphysisches Denken, S. 187-242.

(36) 「私自身のアイデンティティは本質的に他者との対話による関係に依存している」と、カナダの哲学者チャールズ・テイラーは書いている。Charles Taylor, The Ethics of Authenticity, 1991, S. 48.〔チャールズ・テイラー『ほんものという倫理――近代とその不安』田中智彦訳、産業図書、二〇〇四年〕

(37) 自己認識、または自己嫌悪の源としての他者への依存は、当然すでにプラトンの『アルキビアデス』の対話のひとつに、詩的な形で描かれている。「ソクラテス：「では君は気づいたんだね、相手の目を見る人間の顔が、まるで鏡のようにその相手の目にそのまま映りこむことに。だからこそ、人形（ピュップヒェン）という意味の〈プピレ（瞳孔）〉という言葉が使われるんだ」」Alkibiades der Erste, in: Platons Sämtliche Dialoge, übersetzt von Otto Apelt, Bd. 3, Hamburg 1998, S. 207.〔『プラトン全集6』田中美知太郎・藤沢令夫編、岩波書店、一九八六年〕

刑務所や収容所で極度に権利を剝奪された状況においては、こういった人間どうしの交わり合いは中断されることになる。どのような形式の会話も成立しないからだ。日常は個人性の恒常的な否定となる。そして、まさにそれこそが、テロの論理の目標であるように思われる。あらゆる状況において、あらゆる身振り、あらゆる言葉の切れ端から、囚人たちに、自分は交換可能な存在なのだという感覚を与えることが。

こうして、例外的極限状況においては、言語能力は損傷を受けることになる。恒常的に自身の人間性を否定され続けると、人はもはや人間として話をすることができなくなる。そしてこの断絶は、例外的状況が終わった後に語る際にも障壁となる。

自分自身をまだ人間だと定義していいのかどうか疑う人、「物体」へと貶められた人――彼らが言葉を失うのは、恐怖のせいばかりでなく、恥のせいでもある。自身の道徳的に間違った行為に対するいたたまれなさという意味での恥、すなわち罪の双子の弟としての恥ではない。彼らの恥は、自身の惨状に対するいたたまれなさという意味での恥、すなわち損なわれた尊厳の双子の弟としての恥である。他者の視線または評価になすすべもなく晒されていたことを恥と感じるならば、物へと貶められた屈辱的な体験を語ることは、他者の視線のなかで自分自身が改めて屈辱的な「物体」になるのを見ることを意味するのだ。

子供時代に、テレジエンシュタット、アウシュヴィッツ、クリスティアンシュタットの収容所を生き延びたルート・クリューガーは、自伝『生き続ける』のなかで、「テレジエンシュタットの蟻の集団」について書いている。クリューガーは、自分と同じようにテレジエンシュタットに収容されていた人間に出会うと、恥ずかしいと感じた。共通の経験を恥ずかしいと感じたのだ。「私は会話をできるだけ早く打ち切る。(…)かつて蟻だったことを、誰がうれしいと思うだろう[38]」

(38) Klüger, weiter leben, S. 103.〔クリューガー『生きつづける』〕

4　二重化、または——リズム、儀式、物、脱出

ペンがないとき、私はペンのことを考える。
リャオ・イウ

権力と言説をめぐるミシェル・フーコーの思索以来、「生産的処罰権力」という概念が頻繁に語られるようになった[39]。この言葉で表現されているのは、権力というものは単に抑圧的に作用するのみでなく、被権力者の身体と意識とにあまりに広範かつ多層的に浸透するため、主体を構築することさえあるという理論だ。

フーコーによれば、言語的および非言語的技術は、身体を規制するのみならず、人間の意識のあり方をも規定する。すなわち、主体とは、その心理的、内的世界もろとも、生産的権力が生み出した単なる効果に過ぎないことになる。したがって、魂、意識、良心とは、主体を構築する権力への身体的服従によって初めて生み出されるものなのだ[40]。「ここで語られる人間、解放されるべきだとされる人間とはすでに、その人間自身よりもはるかに深淵な服従の結果なのである[41]」

だが、二十世紀および二十一世紀の諸々の収容所における極度の抑圧体験を生き延びた人間の証言を読めば、権力がひとりの人間のあり方を完全に規定し得るという理論には、少なくとも疑念をさしはさむ余地があることがわかる。生存者の証言を詳細に分析することで目にとまるのは――人間の人格がテロのもとで変化するさまに対する衝撃、精神的打撃、恐怖にもかかわらず――、小さな抵抗の数々である。恣意というシステムの隙を突く一瞬、一息つくことが可能になる一瞬、わずかな隙間が開いて、そこからかつての人生またはかつての己自身の姿が垣間見える一瞬――そんな、「それでも現れる」抵抗の一瞬だ。

ヘルタ・ミュラーは、極限状況における人間の変化を次のように描いた。「人格を手放した（…）。すると、ひび割れはもはやその人の周りではなく、その人のど真ん中を走るようになった」[42]

(39) Michel Foucault, Surveiller et punir. Naissance de la prison, Paris 1975. ドイツ語版：Überwachen und Strafen. Die Geburt des Gefängnisses, Frankfurt 1976.〔ミシェル・フーコー『監獄の誕生――監視と処罰』田村俶訳、新潮社、一九七七年〕以下も参照。Michel Foucault, „Cours du 14 janvier 1976", in: Foucault, Dits et Ecrits, Bd. 3 (1976-1979), S. 175-189.〔『社会は防衛しなければならない　コレージュ・ド・フランス講義　一九七五－一九七六年度』（ミシェル・フーコー講義集成 6）石田英敬・小野正嗣訳、筑摩書房、二〇〇七年〕

(40) 著者はフーコーとその権力理論について、別の著作でより詳細に論じている。Carolin Emcke, Kollektive Identitäten. Sozialphilosophische Grundlagen, Frankfurt 2000, S. 138-181 を参照。

(41) Foucault, Überwachen und Strafen, S. 42.〔フーコー『監獄の誕生』〕

このひび割れは、一方では人がその人自身の一部を失ったことを意味する――「物体」となり、座礁したその一部は、言ってみればもはやその人自身には属さない。だが、人間のど真ん中を走るひび割れは同時に、その人の別の一部を残しもする。まだ救うことのできる一部を。（そしてそれは、生き残るために重要な意味を持つ一部でもある。）[43]

語りの倫理性について、いわゆる「言語に絶する」経験の伝達と理解の可能性について考えるならば、人間が例外的極限状況においてさえ、自分自身の一部をどう守るか、かつての別の人生における自分自身の一部をどう残すかを示すあらゆるしるしを追っていかねばならない。というのも、後に語る際に、そしてその語りに耳を傾ける際に手がかりとなるのは、こうした「ずれ」の一瞬であり、かつての人生をたどる糸であるからだ。

人間を完全に変形させ、損なう力に対する抵抗を可能にする道具や方法は、非常にさまざまだ。なんの規則性もない恣意的な毎日に一定の拍子を与えるリズム。繰り返すだけで安定感を得られる習慣や儀式。別の世界を思い出させてくれ、思い出や空想への逃避の助けとなる物。そして最後に――脱出、すなわち、ほんの一瞬燃え上がる暴力やセクシュアリティ、すなわち自身の無力と孤立に対して力ずくで抵抗すること。

リズム

ルート・クリューガーは、著書『生き続ける』のなかで、アウシュヴィッツ－ビルケナウの収容所において、シラーのバラードが彼女の「点呼用の詩」だったと書いている。それらの詩は、自身の弱った身体から気持ちをそらし、倒れることなく炎天下に何時間も立ち続けることを可能にしてくれた。だが、少女に勇気を与えたり、または単に時間をやり過ごすために役に立ったのは、必ずしも詩の内容ではなかった。なによりも心身の安定をもたらしてくれたのは、詩の形式だったのだ。クリューガーはそれを「韻を踏んだ言葉」と呼ぶ。詩は独自のリズムを持っているのみならず、一日に構造を与えてくれる存在でもあった。時間を区切り、リズムを与え、それによって「どの詩も（…）魔法の呪文と」[44]なったのである。

プリモ・レーヴィは、囚人仲間であるジャンのために、ダンテの『神曲』をフランス語に訳した体験を記している。一行一行、まずはイタリア語の原文から、レーヴィの不自由なフランス語へ、そしてジャンによって訂正された文章へ。レーヴィは、適切な単語を探す彼らの試みを描写している。強制収容所のふたりの囚人が、発電所へ向かう道すがら、『神曲』における個々の概念の意味に頭を悩

（42） Müller, Lebensangst und Worthunger, S. 16f.

（43） 以下も参照。Paul Matussek, Die Konzentrationslagerhaft und ihre Folgen, Berlin-Heidelberg / New York 1971; A. Ornstein, „Survival and Recovery", in: Psychoanalytical Inquiry, 1985, 5, S. 99-130, K. Jacobson, Embattled Selves, New York 1994.

（44） Klüger, weiter leben, S. 122.〔クリューガー『生きつづける』〕

ませるという、一見不条理なシーンが何ページにもわたって描かれる。やがて、まるでついでのようにさりげなく、それが互いへの贈り物だったことが明らかにされる。「ジャンは私に、何度も翻訳を繰り返してほしがった。なんと立派な人だろう。彼は、翻訳が私の慰めになることに気づいていたのだ」[45]レーヴィにとっては、気持ちをそらすことができる嬉しさや、韻を踏んだ言葉がもたらす安心感に加えて、互いになにかを与え合うこともまた、喜びだった。レーヴィはジャンにダンテの言葉を与え、ジャンはレーヴィに、ダンテの言葉を理解するための時間を与えた。なぜならジャンは、言葉について考えることがどれほどレーヴィの助けになっているかを感じていたからだ。

習慣、儀式

ロラン・バルトの著書『喪の日記』には、一九七八年八月十八日の次のような記述がある。「日常のもの言わぬ価値を共有すること（台所と住居と服を清潔に秩序正しく保つこと、美意識と、さまざまな物のいわば過去を保存すること）――それが、彼女と会話する私の（もの言わぬ）やり方だ。――そしてこのやり方で、彼女はもういなくなったとはいえ、いまでも会話することができる」[46]

バルトが母の死についてここに書いたこと――故人を思い出させ、さらに故人と過ごしたいまは失われた生活のことを思い出させる習慣を守り続けること――は、権利剥奪と暴力にさらされた状況下においてもあてはまる。かつての生活における習慣だったことがらや、なにか日常的なものを堅持すること、日常の儀式を守り続けることが、「もの言わぬ」やり方で助けになってくれることがあるのだ。

一九九九年の春、コソヴォ紛争を取材していた私の目には、アルバニア北部に間に合わせに作られた難民キャンプで暮らすコソヴォ＝アルバニアの女性たちは、同じ場所に暮らす男性たちほどトラウマに苦しんではいないように見えた。この印象は、一見したところ筋が通らない。なにしろコソヴォの女性たちの多くは、アルバニアへの逃避行の前または途上で、難民の列から引っ張り出され、強姦されたのだ。怪我をした女性、病気の女性、精神的打撃を受けた女性は大勢いた。彼女たちは、その夫や息子、兄弟、父たちと少なくとも同じ程度には暴力と迫害の被害者であり、目撃者だった。コソヴォでの家と慣れ親しんだ環境を失ったのも同じだ。それなのに、戦争を潜り抜けた彼女たちは、男たちよりも気をしっかり保っているように見えた。

男たちは、ほとんどの時間、濡れた地面にぼんやり座り込んでいるばかりだった。自身の内に引きこもり、煙草を吸い、生気のない目で、互いの存在に注意を払うことも、互いに会話をすることもなく。一方で女たちは、しゃっきりしていて活動的だった。プラスティック製のたらいと石鹸をなんとか手に入れて、逃避行に持ち出すことのできたわずかな衣類を手洗いし、子供たちの体を洗い、できる限りの手を尽くして食物を手に入れようと奔走していた。おそらくそれだけでもう、なぜ彼女たち

(45) Levi, Ist das ein Mensch?, S. 110.〔レーヴィ『これが人間か』〕
(46) Roland Barthes, Tagebuch der Trauer, München 2010, S. 202.〔ロラン・バルト『喪の日記』石川美子訳、みすず書房、二〇一五年〕

の方が逞しく見えたのかの説明になるだろう――彼女たちは、それ以前の生活でしていたのと同じことをしていたのだ。つまり、家事を切り盛りし、家族の面倒を見ていたのだ。彼女たちは、非日常的で不潔なクケスの難民キャンプにおいても、日常の仕事をし続けることができた。一方で、難民となった男性たち――多くは農民だった――は、根を下ろしていた土地から引き離されたばかりでなく、土地とともに、慣れ親しんだ仕事、日常のさまざまな慣習や儀式をも奪われたのだ。

なにかを――自身の行動能力が無に帰した環境においても、自分自身を保つためのなにかを――することができる、ということは、「ずれ」の瞬間のひとつだ。もはや維持することのできない生活様式にこだわること、秩序や清潔さに固執すること――外から見ればときにグロテスク、不条理、または無意味に思われるこういったことがら、極限状況においては奇妙で非現実的に見えるこういったことがらは、本人には「普通の」生活を営んでいるという印象を与えてくれるゆえに、助けになるのだ。

プリモ・レーヴィは、アウシュヴィッツで毎日体を洗うことが、体力を浪費するばかりの無駄な行為に思われたと語っている。これほどの惨めな状況において、ぼろぼろになった体を洗うことに、どんな意味があるのか。レーヴィには、収容所の環境下では、衛生観念などドイツ人の嫌がらせのひとつだとしか思えなかった。だがあるとき、収容所暮らしの長いハンガリー人の囚人シュタインラウフから、どれほど無駄に思われても毎日の儀式は遂行するべきだと助言を受けた。「生き残るためには」と、シュタインラウフは言った。「せめて文明の骸骨、骨組み、形式だけでも救うよう、自分に強いねばならない(47)」

二〇一〇年一月十三日にハイチで起きた大地震は、二十三万人の命を奪い、首都ポルトープランスとレオガン間に暮らす百三十万人のハイチ人が家を失った。その数週間後、やはりこの地においても、一見したところ理解不能で不条理な光景が見られた。崩壊した建物の瓦礫のなか、かつて寝室や台所だった場所に、人がぽつぽつと座って、曲がった金属性のなにかをハンマーで修理していたのだ。いったいなんのためだろう。見渡す限りの瓦礫の山のただなか、最後の通り一本に至るまで徹底的に損傷を受けた場所で、数個の曲がった物体を叩いて、どうしようというのだろう。もはや居住不可能な地域一帯の瓦礫を少しずつ片付けていくのに必要とされるのは、パワーショベルやトラックだ。建物の再建や修理のことを考えることができるようになるのは、その後のことだ。

おそらく彼らがしていたのは、シュタインラウフが言ったのと同じことなのだろう。文明の骸骨だけでも救おうとするなら、習慣に固執しなければならない。自分もなにかをすることができると、少なくとも思い込むことが必要なのだ――いくらもしないうちに石炭袋を運んで再び全身が汚れるとしても、それでも体を洗うこと。周囲にはまだ死と荒廃しかない場所にいても、瓦礫のなかから金属を取り出して修繕すること。優雅な帽子をかぶり、上等のドレスを着て、義姉のもはや存在しない居間

(47) Levi, Ist das ein Mensch?, S. 38f.〔レーヴィ『これが人間か』〕

に座ること。部屋を仕切っていた壁はもう存在せず、義姉が暮らしていた家自体ももう存在せず、義姉ももはや生きてはおらず、いまだに瓦礫の下に埋まっている。それでも、喪に服すときには、そうするものなのだ。たとえ多くの死体が埋葬されないまま放置されている場所でも。あまりに多くの人が死んだせいで、適切なやり方で全員の喪に服することなど不可能に見えるとしても。[48]

物

病院という、開かれていながら同時に閉ざされた世界で一度でも過ごした経験のある人、愛する人の手術が終わるのを廊下の隅で待った経験のある人、病院のベッドに寝たきりで過ごした経験のある人ならば、おそらく「物」の持つ意味を知っているのではないだろうか。無力な状態にあるとき――たとえそれが、強制収容所やグラーグのような極端な例でなくても――、我々は「物」に心の安らぎや慰めを見出すものだ。

「それは私たち皆の特徴だと思います」と、ヘルタ・ミュラーは、とあるインタヴューで述べている。「私たちは、物を通して自分を定義するものです[49]」自宅にいるとき、我々は自分にとって重要な物に囲まれている。それらの物は、普段は特別な存在だとさえ思えない。我々の所有物だからだ。だが、旅に出て、見知らぬ環境のなか、慣れない場所で――特に逃避行の場合や、どこかに収容されている場合――、自分を定義するものを失ったとき、それらの物ひとつひとつは、「お守り」になり得るのだ。

それらの物は、異郷において故郷を思い出させてくれる。「自分のもの」がすべて禁じられた環境において、そこには私的な歴史が詰まっており、個人性というものが失われた環境において、自分という人間の存在を確かめるよすがになる。「私的な物なしには、人は「なにも持っていない」存在であるのみならず、「何者でもない」存在なのです[50]」

収容所でわずかな物しか所有していないオスカー・パスティオールにとってのグラモフォン。思考と視線とを引きつけて、日常の光景から目をそらすことを可能にしてくれる小さなビー玉。幸せだった過去の時代を呼び起こす魔法の力を持つ古い物、希望に満ちた未来がきっと来ると信じる力を与えてくれる新しい物。

サダム・フセイン政権下の「アラブ化キャンペーン」によって、キルクーク周辺の故郷の村を追われた北イラクのクルド人難民。戦争後、コソヴォ－アルバニア人の報復を恐れて、周りの世界から隔絶した飛び領地へ逃れたコソヴォのセルビア人難民。苦労して拾い集めてきたブリキやプラスティックや板切れで作った小屋に暮らすハイチ地震の被災者。ほとんど誰もが、なんらかの物を大切にして

(48) ハイチについて、特にイヴォンヌ・ジェレという名の女性の尊厳に満ちた服喪については、以下に詳述した。Carolin Emcke, „Yvonne wartet auf ein Dach“, in: DIE ZEIT, 13. Januar 2011.
(49) Müller, Lebensangst und Worthunger, S. 25.
(50) 同、S. 27.

いた。それらの物はときに、次の雨、次の出発、次の攻撃に備えて、ビニール袋に入れて壁に固定してあった。ときには役に立つ物もあった。たとえば奪われた土地の所有者証明などだ。[51]だがときには、なんの役にも立たない物もあった。たとえば、ハリケーン「カトリーナ」に破壊される以前、ニューオーリンズの家の入口を飾っていた番地番号の札といったものだ。[52]

リズム、儀式、物、というこれらの例はすべて、暴力の作用に風穴を開けるものだ。極度の暴力と自由剝奪のもとで受けた虐待と蔑視の結果としての重いトラウマに目を向け、そのような状態に置かれた人間が心理的、身体的にどのように変容し、損傷を受けるかを明らかにすることが必要であるのと同様に、そういった状態に一瞬の風穴を開けるさまざまな能力と可能性に言及することもまた、必要不可欠だ。

例外的極限状況を生き延びた人間のさまざまな適応能力と「コーピング」能力については、多くの心理分析家が語るところである。[53]一切の力と権利を奪われた状況に対処する方法はさまざまだ。ナルシズムを保とうと試みる者もいれば、他者と絆を結び、収容所内で社会的な支えを得ようとする者もいる――その結果として、(特に子供たちに多いが、子供たちに限らず)頻繁にカップルが生まれる。[54]だが、なにより助けになるのは、迫害と拘束以前の時代の思い出、その時代との結びつきであるように思われる。かつての故郷や家庭を、極限状況においても思い起こすためのあらゆる方法、実践、信念によって、人はいわば「二重化」することが可能になるのだ。

物であれ、儀式であれ、収容所のような場所では断絶してしまうかつての生活やかつての自分との結び付きを可能にしてくれるもの、それらとの連続性を保証してくれるものは、「ひび割れ」のこちら側の生とあちら側の生の両者を可能ならしめる。過去の世界の思い出でもいいし、未来の世界への信念でもいい。いずれにせよ、それが過去を追想するか、未来を思い描く行為や信念である限り、それは人や世界を二重化し、そうすることで現在を乗り越える助けになる。

誘拐され、長い年月を監禁されて生きたナターシャ・カンプッシュは、まさにこの自分自身の存在の二重化について語っている。カンプッシュ自身の発言によれば、当時十歳だった彼女が監禁生活に耐えられたのは、「未来の自分」と「同盟」を結んだからだという[55]。カンプッシュは、幽閉されて過ごした子供時代を、想像の上で強くなった大人の自分が無力な子供である自分に与えた約束を信じる

（51） この例は、以下に詳述した。Carolin Emcke, Von den Kriegen. Briefe an Freunde, Frankfurt 2004, S. 303-307.
（52） この例は、以下に詳述した。Carolin Emcke, „Der Traum von Nr. 6", in: DIE ZEIT, 26. Juni 2008.
（53） Ilka Quindeau, Trauma und Geschichte. Interpretationen autobiographischer Erzählungen von Überlebenden des Holocaust, Frankfurt 1995, S. 37 参照。
（54） 強制収容所の囚人たちのさまざまな「コーピング」の方法については、以下を参照。Joel E. Dimsdale, „The Coping Behavior of Nazi Concentration Camp Survivors", in: Joel E. Dimsdale（Hrsg.）, Survivors, Victims, and Perpetrators. Essays on the Nazi Holocaust, Washington 1980, S. 163-174.
（55） http://www.nzz.ch/aktuell/startseite/articleEGFFJ-1.58777

ことで生き延びた——それは、必ず救い出してあげる、という約束だった。

また、カンプッシュは、見知らぬ成人男性との強制的な共同生活を——同年代の人間との接触は皆無で、仲間どうしで思春期特有の喜びや過ちを共有する経験もない生活を——自身の知性と教養を高めることで乗り越えた。それは彼女にとって、極度に制限を受けた生活の外へと出る唯一可能な方法であり、現実を超越して自身を救う方法だった。そしてそれは同時に、思考の上で外の世界とつながることでもあった。事前に犯人の検閲を受けたテキストを読むことと、ラジオのニュースを追うことだけが、外の世界と隔絶され監禁された子供が、その一部となることを許されていない世界と関わる手段だったのだ。

カンプッシュは言葉の才能に恵まれ、自分をしっかりと持った若い女性で、何年にもわたる監禁生活を不思議なほど無傷で乗り切ったように見える。そんな彼女に驚く者は、彼女の人間性と経験の一部が常に発達し続け、いわば監禁生活を潜り抜けること、または監禁生活を超越することができたという事実を考慮しなければならない。

ジャン・アメリーは次のように書いている。「私は、信仰心を持つ仲間たちの一員にはなりたくなかった。だが、彼らのようになれたらいいのにと思ってもいた。彼らのように揺るぎなく、穏やかに、強くあれたらと。（…）最も広い意味で信仰のある人間は、その信仰が形而上学的なものであれ、内在的なものであれ、自分自身を超越する。彼らは個人性にとらわれてはおらず、どんな場所においても――アウシュヴィッツにおいてさえ――断絶することのない精神的な連続性の一部なのだ(56)」

現実とは別のパラレルワールドまたは約束された世界が無傷のままである限り、信仰のある人たちは、少なくともひとつの世界に対しては信頼を持ち続けることができる。

それゆえ、周囲の苦しみと狂気の世界は、少なくとも彼らの生の領域のすべてを支配することはない。たとえ狂気の秩序に服従を強いられた状態でも、彼らは現実とは別の秩序を内に持ち続けることができる。「最も広い意味で信仰のある人間とは、自分自身を超越する」ため、彼らは自分を取り巻き、個人的な歴史、信仰、個人としての存在のすべてを根絶しようとする力をも、ある程度まで超越することができるのである。彼らの内には、痛みや不正や病にも揺り動かされない内的な場所が残されている。彼らの人格は、破壊的な苦しみにも完全に屈することはない。現実世界の価値観とは別の価値観に根をおろした人間――または別の価値観を信奉する人間――は、分裂させることなどできないひとつの精神的共同体の一部であり続けるのだ。

現実世界からいわば脱出して、もうひとつの別の世界にいると想像する力、つまり自身を二重化する力は、権利を剝奪され、抑圧された環境において救いになってくれるのみならず、〈恐るべき環境を

(56) Jean Améry, Jenseits von Schuld und Sühne, S. 43.〔アメリー『罪と罰の彼岸』〕

潜り抜け、生き延びた人間の）その後の人生においても助けになる。(37) なぜなら、その人には、一生を貫くなにかが存在するからだ。それは壊れることなく、後に語る際の拠り所となってくれる。

こういった「ずれ」の瞬間は、簡単に見過ごされがちだ。暴力という巨大な力と、権利を奪われた無力感との前には、そんなものは取るに足らないように思われる。だが、「それでも語る」ことの条件に思いを馳せるならば――生還者にせよ後から生まれた者にせよ、虐待と権利剝奪の体験に対抗するなにかを打ち出そうと思うならば――こういった「ずれ」による抵抗のなかに、記憶と語りの手がかりと、耳を傾け、質問する手がかりを見出すことだろう。悲しみや恥のあまり言葉を失う者、困難な時代を思い出すことを恐れる者、どこから始めていいのか、言語に絶する体験をどのような言葉で語ればいいのかわからない者――彼らの助けとなるのは、変わらず傍らにあった物やことがらを思い出すことだ。グラモフォン、番地番号の札、点呼の最中に頭のなかで暗唱した詩、無意味で非合理的でありながら、生き延びる助けになった儀式や習慣。

こういったあらゆる抵抗の戦術と並んで、ほかにもあまり注目されることのない「ずれ」の形式がある。注目されないのは、それらが詩の暗唱のようなひっそりした行為でもなければ、宗教的または政治的な信条を維持することほどの誇りを伴いもしないからかもしれない。または、それらについて語ることがよくないとされる文化もあるかもしれない。だがそれでも、権力と暴力の魔手を少なくとも部分的にでも逃れるための助けになるメカニズムであるという点では、それらも同じである――それらとは、対抗暴力とセクシュアリティだ。

脱出

作家であり体制批判者であるリャオ・イウは、中国の未決監房と再教育施設での四年にわたる生活についての報告のなかで、身体的な脱出についても語っている。リャオは、ヒエラルキーに支配された四人社会におけるサディスティックなゲームやいじめに抵抗するために、自らも暴力を振るった。看守たちの暴力に抵抗するためにも、単調な日常の気晴らしとして、時間つぶしとしても、自分という存在を実感するためにも暴力を振るった。国家権力への抵抗として、リャオ自身が恥さらしだと感じるものに対する不安への抵抗として、暴力を振るった。「畜生、自分が最初の一発で床にのびてしまうとは思わなかった」未決監房に到着して、身体検査を受けなければならなかったときのことを、リャオはこう記述している。「あのときの自分の神経質さと弱さを、その後何年も後悔することになった。私はぎゅっと縮こまって、どんどん小さくなっていった。自分が若い娼婦なら、最初の夜を無

(57) シャルロット・デルボーは、現在もアウシュヴィッツとともに生きているのかと問われて、こう答えている。「いいえ――アウシュヴィッツの隣で生きています。アウシュヴィッツは、変えようもなく厳然とそこにあります。けれど、記憶という不浸透性の皮膚に包まれています。その皮膚が、現在の〈私〉から、アウシュヴィッツそのものを隔離してくれています。蛇の皮膚とは違って、記憶の皮膚は再生しません」Charlotte Delbo, La mémoire et les jours. 上記引用は以下の文献より。Lawrence Langer, Holocaust Testimonies. The ruins of memory, New Haven / London 1991, S. 3.

傷で乗り切るにはそうするべきだと思ったのだ[58]」

身体的な抵抗、怒りや絶望による殴り合いについては、滅多に語られることがない。たとえば、グアンタナモから解放された元囚人たちの話には、互いの檻越しの友情や、コーランを読むことが、刑務所生活を耐えるなによりの助けになったというエピソードが多い[59]。ムラート・クルナツは、グアンタナモのキャンプ・エックスレイにいる自分のもとへやってきたイグアナに喜んだこと、そして監房の檻の隙間からイグアナたちに丸めたパンくずをはじいてやるために、食事に出されるトーストを取っておいたことを語っている[60]。

だが、リャオと同様に、クルナツもまた、稀にあった身体的な暴発について語っている。そして、たった一度であれ殴り返すという行為に、どれほどの誇りが詰まっていたかを。「手首からはすでに血が出ていた。だがもうそんなことはどうでもよかった。奴に見せてやりたかったのだ。私が奴を倒すことができることを。手錠があってもなくても関係なく[61]」かつての囚人たちが語る自分自身に対する暴力、すなわち自殺の試みでさえ、抵抗の最後の手段、権利剝奪のシステムに対する最終的な勝利と見なされる。まだ奪われていない唯一のもの、懸けることのできる唯一のものは、命なのだから。

こういったことについて、滅多に語られることがないのはなぜだろう。おそらく、身体的な抵抗が可能になる機会はほとんどないというのも理由のひとつだろう。また、対抗暴力よりもそれに対する罰のほうがはるかに厳しいからかもしれない。また、そういった収容所で苦しんだ経験のない人間に対して、殴るという行為がどれほどの尊厳を持ちうるか、自殺の試みがどれほど勇気ある行為であるかを伝えるのは、非常に難しいせいもあるだろう。

もちろん、誤解されることへの恐怖も大きいのは間違いない。自分が語りかける相手である世間には、どんな価値観や理想の押し付けが、どんなルサンチマンや偏見がまかり通っているか。どれほどの政治的プロパガンダが、社会における民俗的、文化的、性的少数派について、これまで数々の物語を捏造してきたことか。世間における公然の虐待が、どのように正当化されてきたことか。こういった「脱出」の経験談は、後になってから逮捕される理由になることはないだろうか。

「テロリスト」の烙印を押されたまま、解放後も長い人生を生きねばならないグアンタナモの元囚人たちの場合、世間の無知と無関心を恐れるあまり、口を閉ざすことが多い。一度テロリストかもしれ

(58) Liao Yiwu, Für ein Lied und hundert Lieder, S. 125.
(59) 一例として、アブドゥルサラム・サイフに対するロジャー・ウィレムセンのインタヴューがある。「みんながお互いに心から繋がっていました。まるで兄弟のようでした。だって、誰もが虐待されていたんですから」In: Roger Willemsen, Hier spricht Guantánamo. Interviews mit Ex-Häftlingen, Frankfurt 2006, S. 220f.
(60) Kurnaz, Fünf Jahre meines Lebens, S. 113.
(61) Kurnaz, Fünf Jahre meines Lebens, S. 192.

ないという疑いを抱かれ、法治国家における必要な手続きも裁判もなしに連行され、監禁され、痛めつけられ、拷問された者、「不法戦闘員」だとして人権の空白地帯に連行されるのがどういうことなのかを身をもって知っている者は、おそらく自分自身が振るった暴力の話など、ほのめかすことさえためらうものかもしれない。たとえそれが、恣意と暴力から成る強大なシステムにおける、自己防衛のためのほんの一瞬であったとしても。

一方、こういった語りの空白は、被害者のトラウマや、彼らの傷の深さからのみ生じるのではなく、彼らが語る相手である社会とも深く関わっている――すなわち、我々自身と深く関わっているのだ。

例外的極限状況――それが刑務所であれ、難民収容所であれ、その他なんらかの権利剝奪と暴力の現場であれ――におけるセクシュアリティというテーマもまた、語られないことが多い。我々は、凄惨きわまりない拷問について、女性男性にかかわらず、人間の身体に加えられる悲惨な辱めについて、人間の個人性や人間どうしの親密さがまったく認められない状況についての報告は目にする。そして、友情や「ずれ」の瞬間についての報告も。ところが、エロスについての報告に接する機会は非常に少ない。その理由はおそらく、恥の感覚が、歴史的および文化的にそれぞれ異なっているからだろう。なにが妥当とされ、なにが妥当でないとされるか、なにが恥とされ、なにが無遠慮とされるかは、さまざまだ。そしてもうひとつの理由は、権利を剝奪され、拘束され、私的な領域をなにひとつ認められない環境においては、人と人との親密さというものは、貴重な宝物のひとつだからだろう。だからこそ、証言者は、親密な性的関係を、沈黙によって後々まで守りたいと考えるのだ。たとえ、「それ」についての証言をするという義務を証言者がどれほど重く受け止めていようと、セクシュアリティ——自由意志によるもの——については、沈黙が守られることが多い。(62)

セクシュアリティを抵抗の可能性のひとつととらえることには、少なくとも相反した見方があるといえるだろう。前述したさまざまな逃避や「コーピング」の戦術とは違って、例外的状況におけるセクシュアリティに関しては、それが個人の「二重化」を可能にすると簡単に主張することはできない。刑務所や収容所におけるセクシュアリティは、それ以前の生活におけるエロティシズムとはしばしば別物である。証言者が語るセクシュアリティの形式は、あまりに委縮した、孤独なものだ。

たとえばリャオ・イウが刑務所の囚人たちの自慰について描写するとき、それが性欲によるものなのか、または絶望からくるものなのかは、明らかでない。大勢が詰め込まれた不潔な房では、セクシュアリティはもはやふたりの人間の親密な行為ではあり得ない。リャオは集団自慰について、彼自身がそれについて感じた嫌悪について語る。同房者が二段ベッドの上の段で、ベッド枠をガタガタ揺らすようすを。こういった描写においては、セクシュアリティはなによりもまず、身体が監視を免れ自

(62) 戦争において相手に屈辱を与える戦術のひとつである性的暴力および強姦については、後に詳述する。ここではまず、セクシュアリティと性的欲望について考察するにとどめる。

由となる瞬間がまったくない日常生活からの脱出であるように思われる。

とはいえ、自慰についてのどちらかといえば大雑把な記述（および、ヒエラルキーが支配する囚人社会において、高階層の囚人が低階層の囚人に強要する性暴力や性的虐待の凄惨な実態の記述）の合間には、ほとんど隠れるようにではあるが、驚くべき優しさと欲望の痕跡が見られる。リャオは、ひとりの弱者である若い囚人が受けた虐待を描写する際、彼が受けた仕打ちの描写（「彼らは彼の顔を血が出るまで殴った」）に加えて、まるでついでのように、その暴力の理由を書き記している（「私がズボンの前を開いて一物を取り出すのを、彼が手伝ってくれたから」[63]）。それは思いやりから出た行動だったのだろうか。それとも、性欲だろうか。その点に関しては、あいまいなままだ。はっきりさせれば、同性への性的欲望を告白することになってしまうせいかもしれない。または、この場面において重要なのは思いやりの描写ではなく、残酷さと、刑務所においてあらゆるつながり、友情、あらゆる愛情に罰を加える、孤立化のシステムの描写だからかもしれない。

セクシュアリティと思いやりが混ざり合う場面はほかにもある。だがそういった場面は、やはりついでのように、状況を明快に説明するコメントも一切なしに記述される。リャオ・イウは、死刑を宣告されたランという年配の囚人が、朝に射精をして下着を濡らす場面を描写する。彼は「恥ずかし気に下着を脇へ押しやり、私は手助けをしようと駆け寄った」。ランは最初、「汚いから」と言って、手助けを拒む。だがリャオは年長のランに、体を拭いて落ち着けるようにと、紙を差し出す。「新しい下着を身につけてようやく、彼は（…）隅に引っ込み、目を閉じて、リラックスした」[64]

こういった優しい思いやりの場面は、虐待と孤立化の日常ばかりを描写したその他の記述とは対照的だ。だが、テキスト上のわずかな手がかりや、どちらかといえば救いのない場面の数々から、情熱的なセクシュアリティを読み取ろうとするのは、ともすれば慎重さを欠く姿勢だ。一方で、不十分な描写や、行間から常に響く悲しみにもかかわらず、そこには人と人とが肌を触れ合わせる、優しく、非暴力的で、親しみのこもった、密やかな瞬間が垣間見られる。そんな触れ合いの瞬間こそが、ここで言及するべきことがらだ。なぜなら、囚人どうしのこういった触れ合いも、看守との殴り合いと同様、加害者側にとって望ましくない、既存の枠組みを転覆させる意外性を持つからだ。それらは、人を管理する権力、または「生産的な」権力が個人を完全に支配し得るという想定に対抗するものだ。セクシュアリティこそは、例外的な極限状況においてさえ人は簡単に「生政治的主体[65]」にはならないことの証拠なのだ。というのも、こういった触れ合い、証言においてかすかにほのめかされるセクシュアリティこそが、たとえほんの一瞬であろうと、それぞれ孤立した恣意と暴力の被害者たちが他者

（63） Liao Yiwu, Für ein Lied und hundert Lieder, S. 191.
（64） 同、S. 231.
（65） この概念と、人間を「むき出しの生」へと還元させてしまうジョルジョ・アガンベンの理論への反論は、後に詳述する。Giorgio Agamben, Homo Sacer. Die souveräne Macht und das nackte Leben, Frankfurt 2002.〔ジョルジョ・アガンベン『ホモ・サケル——主権権力と剝き出しの生』高桑和巳訳、以文社、二〇〇三年〕

へ心を開くことを可能にし、孤立のロジックを打ち破るものだからだ。[66]
まるで、ベーコンの〈ヘッドI〉に描かれた歪んだ顔が再び目を取り戻し、他者を認識できるようになるかのように。

(66) もちろん、単なる「二重化」または逃避の手段以上の卓越した勇気、英雄的な力、道徳的な尊厳などの例もある。ツヴェタン・トドロフが以下の著作でこういった人や行為について語っている。Facing the Extreme. Moral Life in the Concentration Camps, New York 1996.〔ツヴェタン・トドロフ『極限に面して――強制収容所考』宇京頼三訳、法政大学出版局、一九九二年〕

5　去る、または――沈黙の時

怒りは苦々しい錠だ。しかし、その錠を回すことはできる。

アン・カーソン

そして、語らない人たちがいる。

暴力と権利剝奪の体験を自身の内に閉じ込めた人たち、いや、または逆に、暴力と権利剝奪の体験に閉じ込められた人たちだ。彼らは沈黙する。話すことができないから、または話したくないから。言葉を見つけることができないから、または、耳を傾ける者がいないから――それは、彼らの体験が「言語に絶する」もので、とても語ることなどできないからなのだろうか？

彼らはなぜ沈黙するのか。壮絶な経験の後に沈黙を求める者、生還者として、痛みを伴う記憶を再び呼び起こすことをためらう者――彼らの姿勢は尊重されねばならない。だが、沈黙の理由を問うことは、沈黙を受け入れないこととは違う。

むしろ逆だ。沈黙の理由を問うことは、その沈黙を理解することであり、それが我々――すなわち被害を免れた者、後から生まれた者――と関係があるのではないかと問うことなのだ。沈黙は被害者を守るものなのか、それとも加害者または我々を守るものなのか、または被害者が生きる社会を守るものなのかと問うことなのだ。そして、「言葉にできるもの」を信じ、そうすることで「言葉にすること」を可能にするのが、我々の役目なのではないかと問うことである。

沈黙の理由への問いは、本質的な問いである。というのも、沈黙の原因がどこにあるか――例外的な極限状況、被害者のトラウマ、または／および、暴力を一度は容認し、いまになってその過去と向き合わねばならない社会――によって、目撃証言が担う課題も変わるからだ。被害者の沈黙を不変のものだと主張すること、極度の暴力の被害者を「むき出しの生」という存在へと収斂させること、ある種の体験を「言葉にできないもの」だと決めつけることは、被害者のトラウマの深刻さを認めるという善意の観点に由来するものかもしれない。しかし、こういった観点は同時に、沈黙を推奨するもの、語ることを妨げるもののなかには我々の生きる社会もまた含まれるのではないかという問いから、目をそらす結果をも招く。

アメリカの心理分析家であるドーリー・ローブは、「言語に絶する」ものの概念をこれ以上なく過激に定義し、ホロコーストとは「証人なき出来事」であるとまで語る。(67) こう定義したドーリー・ローブ自身が子供時代にホロコーストを生き延びたのみならず、イェール大学の「ホロコースト証言のためのフォーチュノフ・ヴィデオ・アーカイブ」の創設者のひとりとして、ホロコースト生還者に数多くのインタヴューをしてきたことを考えると、不思議な話だ。なにしろ、ローブのインタヴューの相手は、証人がいないとローブ自身が定義するまさにその出来事の証人なのだから。

ドーリー・ローブは――リオタール、デリダ、アガンベンとも同じように――、ホロコーストからの生還者の証言をその証拠能力という観点から相対化（または否定）しようとする者すべてに反対する。ローブにとって、ホロコーストの特殊性とは、ある特定の集団の絶滅を目指す政治の目的が、まさにその大量虐殺の潜在的な証人を抹殺すること、すなわち誰ひとり生き残らせないことであったという点にのみ存するのではない。ホロコーストについて理解可能な証言が存在しない理由は、この犯罪の理解不可能な心理的構造にこそあるというのが、ローブの主張である。(68)

しかし、証言者が語るべき出来事それ自体の構造が理解不可能であるなら、なぜローブは、生還者の語りのなかに、まさにその理解不可能な構造を探そうとしないのだろうか？　なぜ、裂け目だらけの世界を描写する言葉が、まさにその裂け目を反映していてはいけないのだろうか？　ローブはなぜ、形を成さない、ときに支離滅裂な生還者の言葉を、やはり形を成さない支離滅裂な世界の描写として

（67）Dori Laub, „An Event without a Witness. Truth, Testimony and Survival", in: Shoshana Felman and Dori Laub（Hrsg.）, Testimony. Crises of Witnessing in Literature, Psychoanalysis, and History, New York / London 1992, S. 75-93.
（68）同、S. 80.

適切だと評価しないのだろうか？

先述した、拷問を受けた難民アデムの語る「新しい靴」は、決して目撃証言の不可能性を表すものではなかった。混乱しているように聞こえる話、筋道の通らない話、最初に耳にした瞬間には理解できない話――まさにこういった話こそが、対話相手に対して自分を単なる被害者以上の存在として主張するための、徹底的に理性的な形式だったのだ。聞き手の私を最初は混乱させた新しい靴の話は、決して語る人間の混乱の表れではなく、理解不可能な出来事の構造をなぞる彼なりの戦術だったのだ。

一方でローブは、証言者を三種類に分類しており、この分類は有用なものだ。まずは、「内的証言者」。これは、自身でその出来事を体験した人間、すなわち生還者だ。それから、「部外者としての証言者」。これは、近所の者、警察、鉄道員など、国内外において出来事を目撃した者。そして三種類目の証言者は、生還者の報告を聞いた人間だ。

ローブは、生還者が自身の凄惨な体験を語ることの難しさについて述べると同時に、彼らの語りを聞き手が適切に受け取ることの難しさについても述べる。そして結果として、語りのあらゆる試み、あらゆる方法を、不可能だと貶めてしまうのである。

ローブにとって目撃証言とは、それが出来事を正確に描写するのに足るじゅうぶんな内部情報を含有していると同時に、出来事を感情を交えず超感性的に描写するに足るじゅうぶんな距離を保ったものである場合に初めて、的確で信頼に値するものになり得る。この観点から見れば、おそらく極度の暴力体験の証言はどれも、矛盾をはらんでいることになる。凄惨な出来事を己の身をもって体験した人間が、どうやって主観を交えない客観的な証言をすることができるというのか。一方、出来事の責任の一端を負う人間、少なくとも出来事を防ぐことができなかった人間（前者は内部からの証言者であり、後者は部外者、参加せずに見ていた者だ）が、いったいどうやって信憑性のある証言をすることができるというのか。

イタリアの哲学者ジョルジョ・アガンベンもまた、ローブと同様、証言を単なる「法的に検証可能な事実の発言」へと収斂してしまうことを批判している。生還者の証言が証拠としてしか機能せず、認知されない（またはじゅうぶんな情報源たりえないとして否定される）のであれば、証言することの——語ることと聞くことの——倫理的な側面は無視されることになる。(69)

アガンベンは証言の諸条件についての議論において、「ムーゼルマン（回教徒）」の例を取り上げる。ムーゼルマンとは、収容所のなかで、栄養不足から無感情、無関心の状態に陥り、話しかけても反応

（69） 以下も参照。Sibylle Schmidt, „Wissensquelle oder ethisch-politische Figur“, in Schmidt / Krämer / Voges（Hrsg.）, Politik der Zeugenschaft, S. 47-67.

せず、もはやほとんど人間には見えない状態になった人のことだ。彼らは空腹のあまり「意識の領域を失い」、「歩く死体」となって、ただただ朽ち果てていくばかりだった。[70] アガンベンにとって「ムーゼルマン」とは、なによりもまず、彼が「生政治的実体」——すなわち人間性を奪われた人間——と呼ぶ存在の例である。

この意味で「ムーゼルマン」は、アガンベンにとって、証言をめぐる根本的な問題を体現する存在だ。というのも、この観点から見れば、収容所における人間性の破壊については、語ることが不可能になるからだ。「ムーゼルマンにおいては、生権力は（…）どんな証言の可能性からも切り離された生存を目指していた」[71] しかし、こうとらえるならば、「ムーゼルマン」とは、永遠に傷つけられ、孤立させられたままの存在だということになる。一度自分自身の影でしかない存在になった経験を持つ人間は、生還した後もまだ損なわれたままだということになる。なぜなら彼らは、人間性を奪われた人間、すなわちムーゼルマンのために人間として語らねばならないという矛盾に、とらわれたままだからだ。

ムーゼルマンの概念は、証言という困難な問題の核を成すものだ。なぜなら、生と死、人間と非人間の狭間に存在するムーゼルマンは、もはや語ることのできない人間のために言葉を見つけるという使命を、第三者に付与する存在だからだ。[72] アガンベンは、ムーゼルマンの例からアウシュヴィッツを「証人なき出来事」と定義するのではなく、アウシュヴィッツから救出された人間たち、すなわちムーゼルマンたちのために語ろうとする人間たちの存在を指し示すことによって、証言することの倫理的側面を維持している。とはいえ、語ろうとする人間たちもまた、「彼らのあいだに残ったもの[73]」について証言する以上のことはできないのだ。

アガンベンは、収容所時代に受けたあらゆる傷にもかかわらず、生還した後に、「ムーゼルマン」であることがどんなものかを語ることのできる元ムーゼルマンたちの存在を軽視している。私がこう主張することは、アガンベン自身が著書の最後でこういった証言について触れ、それらを詳細に引用していることを考えれば、奇妙に見えるかもしれない。だが、アガンベンは、語る元ムーゼルマンたちを前にしてさえ、ムーゼルマンは自身の現状について語ることができないという彼の推測を手放そうとしない。そして、興味深いことに、ムーゼルマンをめぐるこのパラドックスを次のように表現する。「ここで語っている私は、かつてムーゼルマンだった。すなわち、決して語ることのできない人

（70）「いわゆる〈ムーゼルマン〉とは、収容所内の隠語で、自分の存在を放棄し、仲間からも放棄された囚人たちのことで、善と悪、高貴と卑劣、精神と非精神の違いが存在する意識の領域を失っていた。ムーゼルマンは歩く死体であり、瀕死の肉体機能の塊にすぎなかった」Améry, Jenseits von Schuld und Sühne, S. 35.〔アメリー『罪と罰の彼岸』〕

（71）Giorgio Agamben, Was von Auschwitz bleibt. Das Archiv und der Zeuge, Frankfurt 2003, S. 136.〔ジョルジョ・アガンベン『アウシュヴィッツの残りのもの――アルシーヴと証人』上村忠男・廣石正和訳、月曜社、二〇〇一年〕

（72）「証言をするということは、自身の言葉で、言葉を失った人たちの立場に立つことを意味する」Agamben, Was von Auschwitz bleibt, S. 141.〔前掲書〕

（73）同、S. 143.

間である」ここでアガンベンは、「語ることのできない人間であった」とは書いていない。すなわち、かつて収容所で、瀕死の状態だったころには語ることができなかった、とは述べていないのだ。アガンベンが主張するのは、かつてムーゼルマンだった人間は、現在にいたるまで「決して語ることのできない人間である」ということだ。

アガンベンは、かつてのムーゼルマンたちの語りを自分の理論に組み入れることができずにいるかのように見える。しかし、まさに必要なのは、かつて一度もはや語る能力がないと見なされた人間が、その時代に受けた傷について語る内容を分析することではないだろうか。

証言の不可能性を主張する上記のような誇張された理論が危険なのは、それが一方で、出来事そのものを結局は描写不可能な、それゆえ分析も考察も不可能なものだと決めつけてしまう（ロープの場合）ためであり、また一方で、生還者をその体験ゆえに、語ることも行動することもできない人間だと決めつける（アガンベンの場合）ためである。さらに、どちらの場合にも、語りが向けられる相手――すなわち世間――の役割は二次的なものに過ぎない。[74]

もちろん私は、誰もが語ることが可能でなければならないなどと主張する気は毛頭ない。なにより、誰もがどんな時にも語ることが可能であるなどとは思っていない。たとえば、特に児童虐待の被害者の場合、当初は内的な準備が整っていないか、虐待の体験そのものへの内的アクセスが（まだ）不可能である場合が多いのは、納得のいく話だ。(75) 彼らが受けた傷を相対化するつもりはない。だが、例外的極限状況を体験した多くの被害者の沈黙を、変えることも理解することもできない事実だと決めつけること、それどころか、その決めつけをひとつの規範へと高めさえすることは、我々が彼らの沈黙の理由について知る可能性を無視することである。そして、語ることができないとされたまさにその人たちが語るための条件について知る可能性をも、無視することになる。(76)

というのも、それは実際に存在するのだ――もはや誰もが証言などできるわけがないと考えるまさにその人間の証言は。自分自身のことを「私はムーゼルマンだった」と語る人間の物語は。言葉を失った状態は、もはや変わることのない最終的なものではない。極度の権利剥奪と暴力の被害者の沈黙

(74) こういった理論はさらに、証言することが生還者の体験に付与する力を無視している。逆にプリモ・レーヴィは、とあるインタヴューで、書くことで自身の体験の邪悪さが緩和されたと語っている。"Die Schmerzen der Nummer", Radiofeature Deutschlandfunk – Jüdisches Leben heute, 30. 07. 1999, auf: David Dambitsch, Stimmen der Geretteten, Audio-CD, 2002.

(75) アンドレアス・フッケレが長いインタヴューとEメールのやりとりに応じてくれたこと、そしてなにより、彼の著書に感謝する。Jürgen Dehmers, Wie lange soll ich denn noch schreien? Die Odenwaldschule und der sexuelle Missbrauch, Reinbek 2011.

(76) マンフレート・フランクによるリオタール批判も参照のこと。「殺された主体は沈黙することしかできない。皮肉なのは、人間の尊厳の名のもとに、存在するべき主体のために証言をしようとしながら、一方で主体の沈黙を規範にまで高めてしまった者の言説である」in: Manfred Frank, Die Grenzen der Verständigung, Frankfurt 1988, S. 102.［マンフレート・フランク『ハーバーマスとリオタール――理解の臨界』岩崎稔訳、三元社、一九九〇年］

は、必ずしも理解不能なままでも、決定的なままでもないのだ。

ときに、何年もの時を経た後になって、痛みに満ちた記憶は、記憶の表面に再び浮かび上がり、語り始めることがある。まるで、出来事をそれまで記憶の底に留めていたロープが突然ちぎれたかのように。記憶の再浮上の理由は、外的な要求かもしれない。たとえば、我が子がついに勇気を出して問いを発した場合、または、検察の捜査員がついに関心を持ってくれたように見える場合。また、内的な理由もあり得る。近づいてくる自身の死が語る衝動となる場合や、愛する人が亡くなり、もはや気遣うべき相手がいなくなった場合など。

自身の体験の周りに築かれていた壁がなんであれ、それは――少なくとも一時的に――突き破られるか、開かれるかすることがある。すると、ときに個々の破片が崩れ、周囲の層を徐々に押し流し、そうして当事者は語り出す。まずは、断片的なエピソードや光景などを。それらは一見、互いになんの関連もないかに思われる。まるで、語り手が暗闇のなかに手を突っ込み、たまたま手に触れたものを闇雲に引っ張り出したかのように。

ときに、沈殿していた物語全体が突然動き出すこともある。あたかも長い沈黙の歳月、記憶の弱点に侵されることも、悲しみと痛みに傷つけられることもなく、ついに語られるべき日を待っていたかのように。

プリモ・レーヴィと同じ収容所にいたジャン・アメリーは、収容所での体験について、二十年のあいだ口を閉ざしていた。一九六四年にフランクフルトで大規模なアウシュヴィッツ裁判が始まってようやく、彼は「沈黙の時代」[77]を終わらせる。まずは知識人の役割についての単発論文を書き、そこで「ダムが決壊した」。こうしてアメリーは、一ページ、また一ページと、外から内へ、自身の経験へと近づいていった。最初は冷静に距離を置きつつ、やがて一枚ずつ殻を脱ぎ捨て、事態の核心に直面した。

ボスニアのパルチザン・スポーツ・ホールとフォチャの学校で一九九二年と一九九三年に強姦被害を受けたムスリム女性の多くもまた、沈黙を続けていた。デン・ハーグの国際司法裁判所で、旧ユーゴスラヴィアの戦争犯罪が裁かれることになって初めて、それまで名前もなく、耳を傾ける者もいなかった犯罪について語るための中立的な場ができた。セルビア軍、警官、兵士による強姦からほぼ十年後に、被害者たちは語り始めたのだ[78]。

---

(77) Améry, Jenseits von Schuld und Sühne, S. 20.〔アメリー『罪と罰の彼岸』〕

(78) medica mondiale のドキュメント "Damit die Welt es erfährt. Sexualisierte Gewalt im Krieg vor Gericht. Der Foča Prozess vor dem Internationalen Kriegsverbrecher-Tribunal zum ehemaligen Jugoslawien" 参照。http://www.medicamondiale.org/fileadmin/content/07_Infothek/Gerechtigkeit/medica_mondiale_Damit_die_Welt_es_erfährt-2002.pdf

我々にとって有意義なのは、言葉にできない出来事を不変のものだと主張することではなく、フォチャ裁判での被害女性たちの証言の記録を詳細に読み込むことだ。なぜなら、女性たちは、自分たちの身に何が起きたかを語るのみならず、なぜそれを長い間黙っていたのかも、詳しく説明しているからだ。(79)

国際司法裁判所の事件番号IT－96－23。ドラガン・ガゴヴィッチ、ゴイカ・ヤコヴィッチ、ラドミール・コヴァッチ、ゾラン・ヴコヴィッチ、ドラガン・ゼレノヴィッチ、ドラゴリュブ・クナラッチ、ラドヴァン・スタンコヴィッチの各被告が、ジュネーヴ国際協定に対する重大違反、戦争国際法違反、人道に対する罪で告発された。

裁判では合計二十五人の女性が証人として立ち、収容所において動物のように扱われ、性奴隷にされたことを証言した。その後の質問に答える形で、彼女たちは、毎日のように行われた過剰な性的暴力、屈辱、残虐な暴行について、また、一人、二人、六人の男たちによる強姦について語った。強姦には頻繁に「お前はセルビア人の子供を産むんだ」という言葉が伴った。

裁判記録には、五十一番証人と五十番証人として記録されている母娘の証言がある。ふたりは一九九二年七月にともに収容所に移送され、虐待を受けた。二〇〇〇年三月、フローレンス・ムンバ率いる三人の裁判官から成る法廷で、まずは母親が、続いて娘が証言をした。娘は五十番証人として、セルビア人の攻撃を恐れてフォチャ郊外の森へ逃げたときのことを語った。そこで発見され、捕えられ、幽閉されたこと。まずはブク・ビジェラのモーテルに。さらに彼女は、当時十六歳だった自分が、初めて男性からオーラルセックスを強要されたことを語った。原告代理人の質問（「いくつか具体的なことを尋ねなくてはならないのを、申し訳なく思います」）に答える形で、五十番証人は、被告ゾラン・ヴコヴィッチになにをされたかを証言した。（「彼は私に、彼のペニスを口に入れてくれと頼みました」「彼が自分で入れました」）事後に彼女は、母親も交えた別の女性たちのもとへ再び連れ戻され、バスでフォチャの学校へと運ばれた。

ここで、彼女と原告代理人とのあいだに次のようなやりとりがある。

質問：そのバスにはお母さんも乗っていましたか？
答え：はい。
質問：そのとき、なにをされたかをお母さんに話しましたか？
答え：話さなかったと思います。でも母は賢いので、なにがあったかを悟りました。
質問：なにをされたかをお母さんに話さなかったのはなぜですか？
答え：私が苦しみを味わわなければならないのだとしても、ほかの人たちがそれを知る必要はないと思いました。

（79）以下の引用は下記サイトより。http://www.un.org/icty/indictment/english/foc-ii960626e.htm.

質問：なにをされたかを、家族の誰かに話したことはありますか？
答え：一度もありません。(80)

五十番証人が自身の沈黙について語るのは、このときが初めてだ。ここから彼女は、検察による質問と、なにより彼女の証人としての信用性を疑わしく見せたい弁護側の反対尋問とに答える形で、何度も何度も、ブク・ビジェラで受けた強姦について黙っていたと説明することになる。だが同時に、彼女は沈黙の理由も語っている。それも、文脈によって、誰に対して黙っていたのかによって、それぞれ異なる理由を。五十番証人は、「私は〈それ〉を描写することはできません（できませんでした）」と語ったのみではない。なぜ、誰に対して黙っていたのか、そしていまなぜ裁判の場で話しているのかを、説明したのだ。

この段階での証言ではまだ、五十番証人の語る沈黙とは、囚われた直後に受けた被害についての沈黙に限定されている。彼女と母はともに捕えられ、その後の日々にどんな苦難を味わうことになるかも知らず、虐待者の手中にあった。そのときには、五十番証人の母もまた娘と同様に無力だった。そして娘は沈黙していた。母も含め、バスのなかの女性全員にいずれにせよ明らかだったことを、わざわざ話す必要などなかったからだ。（「母は賢いので、なにがあったかを悟りました」）。それに、証人自身を苦しめることがらのせいで、ほかの人まで苦しめる必要などなかったからだ。彼女が沈黙したのは、母をいたわりたかったからだ。一方、この話の直後に、五十番証人は、母が目にせねばならなかったことがらについて語っている。それも、母が目にした自分の姿についてではなく、自分が目にした他者の姿を描写することで。五十番証人は、強姦が行われた学校の教室から戻ってくるほかの少女たちを見たかと訊かれて、こう答えている。「みんな泣いていました。(…)鼻血を出している子もいました。叫びながら、髪をかきむしっていました」

質問はここで、五十番証人がその後の数日間に受けた被害に向けられる。彼女がほかの兵士たちに学校の教室で強姦されたときのことに。再び次のようなやりとりがある。

質問：そのとき、どんな目に遭ったかを誰かに話しましたか？
答え：どんな目に遭ったかは、誰にも詳しく話したことがありません。なにがあったかを話したいときには、最悪のことが起きたと言いました。レイプのことです。そこからは、決して誰にもそのことは話しませんでした。ずっと沈黙していました。
質問：どんな気持ちでしたか？
答え：ひどい気持ちでした。あのときの気持ちは、とても言葉では表現できません。あれは私の身に

(80) http://www.un.org/icty/indictment/english/foc-ii960626e.htm, S. 1245, Z. 14-S. 1246, Z. 1.「旧ユーゴスラヴィア国際戦犯法廷」は、英語、フランス語、ボスニア語、セルボクロアチア語、アルバニア語、マケドニア語で行われた。本書での引用には、公式の英語訳をそのまま使った。(法廷ではボスニア語で話した)証人の証言を、再度ドイツ語にすることで(しかも英訳から翻訳せざるを得ないことで)、捻じ曲げることになる結果を避けるためである。

起こった最悪の事態でした。[81]

彼女の身に起きたことを表すには、「最悪のこと」という言葉で足りた。当時の彼女は、自身が受けた性暴力について詳しく説明する必要はなかった。「そのとき」には、「最悪のこと」という一言でじゅうぶんだった。なぜなら、ともに囚われていた女性たち全員が、その言葉の背後にある意味を知っていたからだ。

原告代理人の質問は続く。

質問：家族の誰かに、どんな目に遭ったか、詳しいことを話したことはありますか？
答え：一度もありません。
質問：一九九五年、この裁判の調査員と話をしたことを覚えていますか？
答え：はい、覚えています。
質問：そのときあなたは、戦争中の出来事を話しましたね？
答え：はい。
質問：そのとき、調査員たちに、ブク・ビジェラでどんな目に遭ったか、詳しいことを話しましたか
（…）？
答え：話していません。

質問：どうしてですか？
答え：わかりません。口から言葉が出てきませんでした。(82)

血を流し、叫び、髪をかきむしる少女たちを実際に目にしていない見知らぬ他人に、なにがあったかを話さねばならない状況になったとき、証人は黙っていた。興味深いことに、訴えを起こすための証拠と証人を探してボスニアを訪れたデン・ハーグの調査員たちに対して、証人は、フォチャの学校での虐待と強姦については話をしているのだ。黙っていたのは、一日目のブク・ビジェラでの強姦のことのみだ。それについて、証人は「話すことができませんでした」ではなく、「口から言葉が出てきませんでした」と発言している。まるで、言葉が独自の主体であり、話すか、話すことを拒否するかを決定するのは言葉自身であるかのように。だがなぜ、ブク・ビジェラでの出来事についてのみ、言葉が出てこなかったのだろう？

被告代理人は、反対尋問で、アメリーが「沈黙の時代」と名づけたまさにこの時期を足がかりとして、証言の信ぴょう性を疑わしくしようと試みる。そして、証人が一九九五年にデン・ハーグの調査員に質問をされた際にブク・ビジェラでの性暴力について黙っていたことと、その五年後の現在、法

（81）同、S. 1253, Z. 12-23.
（82）同、S. 1245, Z. 24 –S. 1246, Z. 15

廷において発言していることの矛盾を突く。証人はこの非難に対して、意外にも自身の沈黙の理由を語っている。

答え：（…）今日付け加えた出来事ですが……あのときはそういうことを言葉にすることができませんでした。口から言葉が出てこなかったんです。
質問：それは、あなたが当時発言をしたときにはひとつの真実があり、今日はもうひとつ別の真実があるという意味ですか？
答え：違います。私が言ったことはすべて真実です。
質問：どのときのがですか？
答え：どのとき、とはどういう意味ですか？
質問：あなたが当時発言をしたときと、あなたが今日我々に話をしたとき、すべてが真実なんですか？
答え：私が今日お話ししたことはすべて真実です。以前には、ある種のことがらを話さなかっただけです。そして今日、どうして話さなかったのかを説明しました。[83]

被告代理人が発言の恣意性の証明だと見なしたい点は、証人にとっては単なる語りの空白にすぎない。[84] 証人にとっては、発言に空白があるからといって、それは決して個々の出来事の真実性を脅かすことにはならない。彼女が語ったことはそれぞれすべてが真実であり、順を追って並べることもできる。ただ、あらゆる細部、あらゆる断片、あらゆる場面が、いついかなるときにも――そしてどんな文脈においても――語られるわけではない、というだけだ。なぜか？　証人はいくつかの異なる理由を挙げている。同じ苦しみを味わった者に対して、多くの言葉を割いて説明する必要はないから。少なくとも自分ほどの被害は受けずに恐怖体験から生還できる可能性のある人までもを、わざわざ苦しめる必要はないから。細部の描写こそが特別な痛みをもたらすから。詳しく描写するよりも、「最悪のこと」とだけ言うほうが、まだ耐えやすいから。

後のフォチャの学校でのやはり残虐で凄惨な性暴力の体験については話しておきながら、なぜブク・ビジェラでの特別な強姦体験のことだけを話さなかったのかという被告弁護人の問いに対して、証人はこう答えている――まさにそれが特別だったからだ、と。

答え：あれは私にとって、最初の、そして一番つらい体験でした。もちろんすべてがとてもつらい体験でした。でもあれは最初の体験で、一番恐ろしい思いをした体験でした。
質問：つまり、そもそもあんな目に遭ったのはあのときが初めてだったから、ということですか？

(83)　同、S. 1292, Z. 10-24.
(84)　もちろん、この法廷においても、その他の法廷においても、細かい点で間違ったり、場所や名前を取り違えたり、もはや正確には記憶していなかったりといった理由で、証言の信ぴょう性に対する疑念を招いた証人もいる。ここでは、記憶の誤りという問題が存在すること自体を否定する意図は全くない。

答え：もしも理解していただけないのなら、こういう風に言うこともできます。恥ずかしくて話すことができなかった、と。[85]

その後の性暴力体験がどれほど残虐で痛みに満ちたものであろうと、最もつらいのは、いつまでたとうと、最初の強姦体験である。五十番証人は、ほかの屈辱的な体験についてはすでに語っていながら、最初の強姦についてだけは、恥ずかしくて話すことができなかった。

五十番証人は、証言と反対尋問での発言のほとんどすべてにおいて、沈黙の理由を、語る相手や文脈と関係づけて説明している。彼女は、沈黙していた理由は語ることができなかったからだ、とは言わない。現に、フォチャ学校での体験については、裁判以前の聴取の際にすでに詳しく語っているのだ。ただ、ブク・ビジェラで受けた強姦についての沈黙には、特別な意味があった。五十番証人は、初めて受けた性暴力を、その後に受けたあらゆる性暴力と区別していたのだ。何年もたち、その他の残虐行為や屈辱について語ることができるようになった後も、最初の性暴力のことだけは、口に出すことができなかった。

興味深いことに、ジャン・アメリーの著書にも非常に似た箇所がある。アメリーは、「拷問の内容」を分析しながら、なぜ自分が拷問をナチズムの偶然の副産物ではなく、ナチズムの本質であるととらえるのかを説明している。読者に「なにが起こったかを事実に即して描写」するなかで、アメリーは、背中に回された両手に手錠がはめられ、そこに鉄鉤がひっかけられて、全身が鎖で床から一メートルほどの高さにぶら下げられるさまを描く。しばらくのあいだは、まだ筋力で体を支えることができた。だがやがて、「すさまじい破壊音とともに」自身の体重で肩の骨が関節臼から外れる。アメリーは乾いた文体で、拷問（Tourtur）とはラテン語のtorquere、すなわち「脱臼させる」「捻じ曲げる」に由来するのだと説明している。[86]

だがこういった詳細は、まるで副次的な情報でしかないかのように、どちらかといえば義務的に描写されるに過ぎない。むしろアメリーは、「拷問の内容」をより深く掘り下げ、拷問がそれを体験した者にどのような影響を及ぼすかについて考察している。その際、アメリーにとってもやはり「最初の一撃」が本質的な経験だった。「突然、最初の一撃を感じた」。五十番証人にとっての最初の強姦と同じように、アメリーも最初の一撃を強調する。「最初の一撃で、囚人は、自分は無力だと思い知るのである」[87]「最初の一撃」で失われるのはなによりもまず人間としての尊厳だと示唆する「殴られたことのない者」の解釈すべてを、アメリーは誤解の余地なく明確に否定する。尊厳という概念はアメリーにとってはあまりに相対的で曖昧なものだ。殴られることで尊厳が傷つけられるのかどうかはわ

（85）同、S. 1294, Z. 1-7.

（86）Améry, Jenseits von Schuld und Sühne, S. 72f.〔アメリー『罪と罰の彼岸』〕

（87）傍点は原文どおり。Améry, Jenseits von Schuld und Sühne, S. 65.〔前掲書〕

からない、とアメリーは書く。「だが、最初に浴びる一撃で、我々が（…）世界への信頼とでも言うべきものを手放すことになるのは確かである」[88]

この信頼は、もしかしたら非合理的で根拠のないものかもしれない。それは、相手に手出しされることはない、相手は自分の身体になにもしないはずだ、と信じることを意味する。この基本的な信頼は、アメリーによれば、不変の確信としてあらゆる社会的な関係を貫くものだ。それはある種の数学の公式と同じように、疑問の余地なく存在する信頼であり、自身の身体の境界である皮膚に染みついたものである。最初の一撃によってその皮膚が突き破られるということは、境界が超えられることを意味する。あたかも五十番証人の体験との共通性を自ら構築するかのように、アメリーは、最初の一撃によって世界への信頼が崩れることを、「相手の了解なしの性行為」にたとえている。[89]

最初の一撃、最初の虐待、最初の強姦で崩れるのが信頼であるならば、被害者がその体験について語らない理由は、人間としての尊厳の喪失や深い恥の感覚のせいばかりではない。焦点となるのはもはや、証言をすることのできる（または、できない）生還者ばかりではない。暴力を許容した者たち、そして暴力を免れた者たちもまた、重要な役割を果たすことになる。

通常、証言をめぐる議論において信頼の問題が取り上げられるのは、別の文脈においてである。すなわち、証人の証言は信頼できるのか？　個々の証言は、争議命題についてどんな内容を提示できるのか？　間接的な情報の正しさを検証できるかどうかが、我々の社会にとってどれほど重要か――そしてそれゆえに、他者の証言への基本的な信頼がどれほど重要か？[90]　証人がホロコーストまたはほかの極限状況からの生還者であるという特別な文脈においては、その証人が歴史的な意味でどれほど正確な記憶を有しているかという問題も取り上げられる。暴力による被害者のトラウマによって損傷を受けている可能性のある証言は、司法的にどこまで有効なのか？　そういった証人はどの程度の信頼に値するのか？

こういった問いに対して、本書では信頼の問題を、聞き手と社会との関係でとらえたい――そうすることで、証言とその信頼性の問題は、まったく別の問いを投げかけることになる。世界への信頼を打ち砕かれた人間が、なぜ再び他者への信頼を取り戻さねばならないのか？[91]　彼らはどうやって、再び他者へと語りかければいいのか？　なぜ彼らは、自分たちの受けた被害について語らねばならないのか？　そして、誰に対して語らねばならないのか？

（88）　Améry, Jenseits von Schuld und Sühne, S. 65.〔同〕
（89）　Améry, Jenseits von Schuld und Sühne, S. 66.〔同〕
（90）　C. A. J. Coady, Testimony. A Philosophical Study, Oxford /New York, 2002, S. 46 参照。また、コミュニケーションにおける信頼については以下も参照。Martin Hartmann, Die Praxis des Vertrauens, Berlin 2011, S. 119-138.
（91）　ジャン・フィリップ・レームツマの記念碑的テキストも、同様の問いかけをしている。Vertrauen und Gewalt. Versuch über eine besondere Konstellation der Moderne, Hamburg 2008.

この議論においては、暴力の被害者のほうが、聞き手の信頼に値することを証明せねばならないのではなく、被害を免れた者のほうが、被害者の信頼を勝ち得るために努力せねばならない。本書冒頭に示した「あなたがこれを言葉にしてくれる？」という問い、または、世界中のあらゆる場所で何度も繰り返し口にされる「あなたがこれを書いてくれる？」という問いには、常に希望と同じだけの疑念が含まれている。聞き手が、社会が、話をする相手として信頼を寄せるに値するだろうかという疑念だ。

では、被害を免れた我々、「殴られたことのない者」、ただ耳を傾け、ほかの人たちのために語り継いでいくことしかできない我々の側からは、なにが必要だろう？　極度の暴力の被害者たちが、我々とのあいだにある深い溝のせいで、永遠に孤立したまま取り残されることにならないために、我々はなにをすればいいのだろう？　被害者による他者のための証言には、どんな条件と可能性があるだろう？　理解不能に思われる証言から、証言者の受けた打撃の深さを単純化することなしに、理解可能な語りを導き出すためには、どうしたらいいのだろう？　被害者を病気だと断定することも、彼らの受けた傷を不変のものだと決めつけることもなしに、彼らのトラウマを適切に描写するには、どうしたらいいのだろう？　極限状況からの生還者がもはや存命でない場合、彼らの体験をどのように記憶したらいいのだろう？　道徳的に受け入れがたい出来事の後、それでも生き続けるためには、どうしたらいいのだろう——生還者も、そして社会も。

6　信頼、または——それでも語る

なにが残ったか？　言葉が残った。
ハンナ・アーレント

「それでも語る」理由や動機はさまざまであり、証人、生還者、被害を免れた者、殴られなかった者、それぞれの視点もさまざまだ——さらに、彼らの子供たちや孫たち、そして彼ら全員が共に生きていく場である社会の視点もさまざまだ。罰せられなかった、または逃亡中の犯人への怒りと嫌悪感を動機とする語りもあれば、体験したことをひとりでは背負いきれないという窮状を動機とする語りもある。自分では体験していないことがらに巻き込まれた子孫たちへの愛を動機とする語りもある。歴史が繰り返すことへの不安を動機とする語りもある。罪を犯した先祖たちへの憎悪を動機とする語り、自身の家族がついてきた嘘への抵抗感を動機とする語りもある。語りの動機には崇高なものもあれば、それほど崇高でないものもある。

内部からの証言者、すなわち生還者の語りには、ほとんどの場合、ふたつの方向性がある。ひとつは、誰のために語るのか、であり、もうひとつは、誰に語るのか、である。極限状況から生還したことを自分でも信じられない者、多くの人間が死んでいくのを見てきた者は、消滅させられた人たち、破滅させられた人たちに対する責任を感じている。生還者は、なにがあったのかを語りたいと思う。たとえそれが、自分自身にさえ「想像がつかない」「言葉にできない」と思われることがらであっても。失った人たちを記憶しておくために。ただの番号でしかなかった存在に再び名前を与え、名前に物語を与えることで。被害者とともに犯罪の痕跡をも消すという犯人たちの意図に対抗することで。自分が生き残ったのは偶然のおかげに過ぎないと感じる者たちは、他者のために語りたいと思う。それが正義を追究することにもなるのならば、なおさらだ。

外部からの証言者、すなわち被害を受けなかった者たち（職業上または偶然から目撃者になった者、被害者の子孫）、つまり我々には、二重の役割がある。聞き手としての役割と、語り手（語り継ぐ者）としての役割だ。聞き手としての我々はなにより、証言者たちに対して、我々を気遣って口をつぐむ必要はないこと、我々は想像できないほど残酷なことがらをあえて想像したい（しなければならない）と考えていることを、伝えなければならない。そして、彼らの二重の存在を受け入れる準備があることを。かつて世界から迫害される以前の人間としての彼らと、極度の権利剥奪と暴力の経験によって作られた人間としての彼らのどちらをも、受け入れる準備があることを。

被害を受けなかった外部からの証言者にこそ、他者のために語るという倫理観が必要である。他者のための語りにもまた、ふたつの方向性とふたつの相手がある。彼らが語るのは、語ることの（もはや）できない人たち、口をふさがれた人たちのためだ。彼らのためにこそ、戦慄が言葉にされないまま終わることがあってはならない。そして語りが向けられる相手は、被害者が偶然被害者になったのと同様、偶然にも「殴られなかった」者たち、部外者、子孫、死と喪失から成る歴史を受け継いでいく者たちだ。彼らは、なにも知らないせいで罪なきままでいるわけにはいかない。

被害者から主体性と言葉とを奪うことは、犯罪国家の意図のひとつだ。被害者を没個性化し、孤立させ、最終的には非人間化すること――すべてが、権利剝奪と暴力のメカニズムの一部である。それゆえ、お互いに言葉にし合うこと、語り、耳を傾けること、ハンナ・アーレントが「人間的な諸機会の織り成す糸」と名付けるものは、権利剝奪と暴力のメカニズムへの対抗手段として、生還者に再び主体を保証する試みだととらえることができる。

ジャン・アメリーと五十番証人がともに主張するとおり、暴力体験において、最初に浴びる一撃が特別な意味を持つのであれば、そして、その瞬間に破壊されるのが世界への信頼なのであれば――また、極度の権利剝奪と暴力の体験が、自分という人間の歴史にひびを入れることを意味するのであれば――その非連続性を語ることは、信頼に入ったひびを道徳的共同体における共通の問題ととらえることの一形式であり得る。

すなわち、「言葉にできることがら」および「それでも語ることの可能性」について考えることとは、暴力と権利剝奪による精神的打撃の深さを相対化することでもなければ、どこまで語ることができるかという敷居や、沈黙の動機を一般化することでもない。証言を通した「再‐人間（人道）化」の条件について考えることとは、加害者と被害者、犠牲者と生還者、殴られた者と殴られなかった者との相違を消し去ることではない。確かに、「とても言葉にできない」という凝り固まった教条を批判する試みは、必ずしも被害者を癒すことを意味するわけではないし、ましてや被害者と和解することを意味するのでもない。被害者の体験は、決してなかったことにはならないし、消え去ることもない。しかし、だからといって、彼らの体験が社会から単に「とても言葉にできない」と決めつけられ、解決済みと見なされていいわけではない。

被害に遭わなかった人間が「とても言葉にできない」と言う場合、それはたいてい善意に由来する。ほとんどの場合、その発言には、事態を真剣に受け止めていることを伝えたい、他者の苦しみに配慮したいという願いが込められている。たとえば、欧州議会議長のマルティン・シュルツは、二〇一三年四月二十日、アウシュヴィッツ訪問に際して、ツイッターで次のように発信した。「アウシュヴィッツ訪問は、人を変える。犯罪のとてつもない大きさは、とても言葉では表せない。我々は決して忘れてはならない」アウシュヴィッツがツイッターでつぶやくのに適した場所またはテーマかどうかは、ここでは問わない。だが、ほんの短いメッセージで、犯罪の規模はとても言葉では表せないと告げてしまうことは、いわば「あらかじめ決まったキーワードという拘禁服」[92]であり、最も善意に解釈しても、想像力の枯渇と思慮のなさから出た行為だ。

さらにこの文章は、その後に続く「我々は決して忘れてはならない」という文章との組み合わせのせいで、意図的ではないにせよ、アウシュヴィッツをタブー化するという最悪の結果を招いている。すなわち、「……とても言葉では表せない。我々は決して忘れてはならない。我々は決して忘れてはならない」とも読めるのだ。いったいどういうことだろう？「これが言葉では表せないことを、我々は決して忘れてはならない」は、いったいどういうことなのか？とても言葉では表せないということなのか？我々が決して忘れてはならないこととはなにか？とても言葉では表せないということなのか？アウシュヴィッツについては言葉にすることができないということを、我々は決して忘れてはならないのか？ということは、我々はアウシュヴィッツについて語ってはならないのか？(93)

シュルツの文章は、（ほかのさまざまな場合と同様に）感情的または道徳的な深みを示唆するべき修辞として書かれたものだが、結果的になによりも書き手の浅薄さを露呈している。集団的記憶がますま

(92) Georges Didi-Hubermann, Bilder trotz allem, S. 254.〔ディディ＝ユベルマン『イメージ、それでもなお』〕

(93) 同じ理由で、アウシュヴィッツを否定することを犯罪と定める法律の意義もまた、私には疑わしく思われる。アウシュヴィッツは存在しなかったと言う者は、単に間違った歴史的事実を主張しているに過ぎない。ヒトラーはポーランド侵攻をしなかったと主張するのと同じことだ。どちらも間違っている。だがどちらの主張にも、正しい根拠をもって反論することが可能だ。これらの主張を犯罪として法的領域に持ち出すことは、私には、公的議論の力に対する臆病な不信感の表れであり、あまりに拙速なタブー化の一形式であるように思われる。私のこの見解に対して説得力のある反論があるとすれば、それは、アウシュヴィッツを否定されることで、ナチス被害者の親族たちが特別な痛みを覚えるという事実であろう。

す形骸化し、「言葉で表せない」という表現ばかりが繰り返されるようになれば、そのあまりの罪深さゆえに記憶され（そして言葉にされ）ねばならない出来事の記憶は、失われる。若い世代の、過去を記憶することに対する不快感や拒絶は、まさにこういった不用意なタブー化と結びついている。道徳的教説も、公の場で語られることが不可能ならば、説得力を持たないし、記憶するべきことがらについて語ろうとせず、被害者のトラウマを不変だとして固定化し、神聖化するばかりならば、記憶することは社会の義務だという建前にも、やはり説得力はない[94]。

被害者たちの体験を、個人としても社会としても受け止めるためには、それらを言葉で表現する際に慎重さが求められる。彼らの体験がひとつきりの概念にまとめられ、その詳細が描写されない場合、どんなことになるかは、オーデンヴァルトシューレ〔ヘッセン州の私立寄宿制学校。七〇年代から八〇年代にかけて、教職員や校長による生徒への性的虐待があったことが二〇一〇年に判明した〕における虐待スキャンダルの例を見れば明らかだ。たとえばアンドレアス・フッケレ（ペンネームはユルゲン・デーマース）のような元生徒たちは、早い段階から、学校で性的虐待が行われていたことを指摘しており、学校の責任者たちも、そういった指摘があることを知っていた。にもかかわらず彼らは、自分たちが想像したくないことがらを無視し、否定し続けた。

ルツィア・シュミットとレギーナ・シリングが監督し、アドルフ・グリメ賞を受賞したドキュメント映画『閉鎖社会（Geschlossene Gesellschaft）』には、オーデンヴァルトシューレの理事のひとりである心理学者ベニータ・ダウプレフスキが、なぜ生徒たちの必死の告発を何年にもわたって無視し続けることが可能だったのかを説明する、印象的な一場面がある。ダウプレフスキによれば、生徒たちの体験が具体的に描写されない限りは、「虐待」という言葉を聞いても、それを頭の中でなんらかの無害な事態に置き換えることが可能だったのだという。告発は単に「虐待」としか言い表されず、それゆえ誰もが、そのあいまいな概念を各々の勝手な想像で埋めることができた。彼らの想像のなかでは、「虐待」とは、教育改革を掲げた学校の高尚なイメージが危機にさらされることがない程度の無害なものに過ぎなかった。

とある面談(95)の際に、「虐待」がなにを意味するのかを具体的に描写する発言があって初めて、概念というラベルに具体的な行為——すなわち、生徒たちがその意思に反して、圧力を受け、利用され、強姦されたという事実——が結びつき、個々の描写がそれぞれの想像を具体的に補強、訂正し、そうしてようやく被害者への感情移入が可能になったのである。

不明瞭な描写は、恐ろしい事実を想像したくない者たちを守る。「言葉では描写できない」という

(94) これは、より穏便な意味ではあっても、政治的な主張にもあてはまる。説明することなしにただ主張するのみでは、政治的主張の影響力は弱まるばかりである。
(95) 二〇〇九年六月に始まったいわゆるフランクフルト面談で、被害に遭った三人の生徒が、校長、教師たち、そして理事会の代表者であるダウプレフスキと会って話をした。

神聖化された表現は、その作用においてタブーとほとんど変わりがない。なぜなら、「言葉では描写できない」という概念は、その体験をしなかった者が、体験した者の苦しみがどんなものだったかを想像することを妨げるからだ。感情移入も同情も、誰にでも当たり前に備わった能力ではない。なにが道徳的に非難に値するのか、なにが人を傷つけ、貶めるのかを、すべての人が自動的に理解できるわけではないのだ(96)。

作家のヴィルヘルム・ゲナツィーノは、著書『平自然における田園詩』のなかのある短編で、「なくなった靴」という現象について語っている。散歩をしていて、森のなかや通りの片隅でときどき見かける、片方だけの古びた靴。いったいどうしてこんなところにあるのだろうと、誰もが疑問に思う、あの靴のことだ。

ゲナツィーノはこう書いている。「そういうこともあり得るのだと、認めなければならない。人が何度も繰り返し目にするのは、なんらかの行為の連鎖の最後のひとつなのだ。すなわち、片方だけの靴――たいていは、何日もそこにあるせいでかなり傷んでいて、濡れていることも多い――である。または、婦人靴が、ときには左右そろってきちんと並んだまま、どこかへ行ってしまい、二度と見つからないという現象は、現実にあり得るのだ(97)」

ときに我々にとっても、刑務所や収容所についての語りや手紙やテキストは、この「なくなった靴」と同じものに感じられる。長いあいだ放置されていたせいで、かなり傷んでおり、濡れている。それらは、最初の瞬間には、我々を戸惑わせるかもしれない。我々はその場にいなかったのだし、なにがあったのかを知らないのだから。そういった語りは、我々には疑わしく思われる。なぜなら、どうして靴がなくなったりするのか、我々には想像もつかないからだ。我々は靴を片方だけなくすことなどめったにないし、夜、酔っぱらった状態では、もはや靴を左右きちんとそろえられる状態でもないからだ。そういうわけで、例外的極限状況についての証言や語りは、我々には謎めいて見えることが多い。だがそれは、我々はただ、想像することもできない体験の結果を目にしているに過ぎないからだ。ゲナツィーノが書いているとおり、我々は「そういうこともあり得るのだと、認めなければならない」。なぜなら、我々が読み、耳にする語りもまた、なんらかの行為の連鎖の最後のひとつだからだ。

では、「それ」についてどう語ればいいのか？

(96) 最近の性差別議論においても、似たような現象が見られる。#Aufschrei のハッシュタグとともに投稿されたさまざまな声から明らかになったのは、抽象的な概念を具体的な体験に翻訳することがいかに必要不可欠であるかだった［Aufschrei は「叫び声、絶叫」の意。本書二〇一頁を参照］。他者の体験を、その体験をしなかった者が理解できるように。一連の議論は、イデオロギーの違い（または性差）よりも、（一定の力関係における）個人的な体験の違いを映し出していた。本書の「民主主義という挑戦」も参照。

(97) Wilhelm Genazino, Der verlorene Schuh, in: Idyllen in Halbnatur, München 2012, S. 7.

「言語に絶するものは、囁き声で広まっていく」――インゲボルク・バッハマンはそう書いている。「とても言葉にできない」または「表現できない」とされるものを伝えるには、ただ囁くしかないのかもしれない。拷問、暴力、屈辱、強姦については、つっかえながら、口ごもりながら、断片的に語るしかないのかもしれない。痛みを覚えながらでなければ思い出せないことや、恥を覚えながらでなければ告白できないことを語る際には、ところどころ空白もあるかもしれない。だが、まさにだからこそ、「それ」は言葉にできるのだ。

「それ」をどう語ればいいのか。なんらかの行為の連鎖の最後のひとつを見聞きするに過ぎない者にも、「それ」があり得ることだと思えるように語るには、どうすればいいのか。

そういった語りは、それが小さな抵抗の瞬間と結びつくことで、可能になるかもしれない。物や習慣や儀式、怒りの爆発など、かつての人生との連続性を構築するあらゆる「ずれ」の瞬間と結びつくことで。また、生還者の語りは、「新しい靴」や、毎朝机の上にあった「一杯のコーヒー」といった言葉で始まることも多い。亡くなった人の習慣やその人の持ち物を、生還者や子孫が語りのなかで思い出すこともある。たとえば亡くなった父親の遺品である「インクを詰めなければならなかった（…）万年筆[98]」や、（まだ）語ることのできないことがらを音で満たす竹笛など。

「それでも語る」ことは、受け取り手が語りに完璧さや首尾一貫性を求めるナイーブさを捨てることでしか、実現しない。被害者たちの語りは、間違いや謎を含んでいる。彼らの体験は、それが個人的なものであれ集団のものであれ、語られることで密度を増し、現実の体験そのものよりも高い整合性を持つようになるかもしれない。または、語られることで消耗し、より断片的になるかもしれない。いずれにせよ、それは必ずしも直線的な語りではないし、ましてや完結した語りではありえない。

こういった不完全であると同時に深い真実を含む語りの特に印象深い例が、オットー・ドフ・クルカの『死の都の風景』である。[99] イスラエルの歴史家であるクルカのアウシュヴィッツに関する著作活動は、長いあいだ、研究者および学者としてのものに限られていた。クルカ自身は、子供時代に母とともにまずはテレジエンシュタットのゲットーに、次いでアウシュヴィッツ収容所へと送られた体験をも持っていたが、それまで生還者としては語ってこなかった。

ついに沈黙を破るにあたってクルカが選んだのは、テープ録音による独白という手段だった。一九九一年から二〇〇一年までの十年間にわたって録音されたクルカの独白を、彼は自らはっきりと「歴

(98) Sarah Kofman, Rue Ordener, Rue Labat, S. 9.〔サラ・コフマン『オルドネル通り、ラバ通り』庄田常勝訳、未知谷、一九九五年〕

(99) Otto Dov Kulka, Landschaft der Metropole des Todes, München 2013.〔クルカ『死の都の風景』〕

史的証言」とはとらえたくないと主張している。[100] 十章から成るテープ録音の書き起こしに、クルカはさらに三章、自身の日記からの抜粋を加えている。注目に値するのは、クルカ自身がはっきりと、テープは「対話相手の前で」録音されたと記していることだ。その対話相手は「録音をするよう背中を押してくれた、つまりこの録音を可能にしてくれた」女性である。ところが、クルカは同時に、この録音を「独白」と名付けてもいる。この矛盾はもしかしたら、ときに語りがなにを必要とするかを示しているのかもしれない——すなわち、語りには、そのきっかけとなるなんらかの刺激が、ただ誰かにそこにいてもらうことが必要なのだと。それ以上の意味はないのではなかろうか。

クルカは、廃墟や風景をもとに記憶をたどる。思い出の切れ端、断片のひび割れだらけの輪郭を、クルカは手探りしながら語っていくように見える。それらは悪夢の場面であり、いまではまとまったひとつの物語を語ることはないながら、恐怖と不安のモティーフを呼び起こす。そして、もはや完全に再構築することはできない体験がもたらす重荷や窮状を伝達するのである。

「それでも語る」ことが実現するためには、その語りが、語り手の受けた精神的打撃を客体化または正常化するものと見なされてはならない。生還者が受けた道徳的、または心理的な戦慄の半減期を決めるのは、「殴られなかった者たち」ではないのだ。そして、戦慄の描写としてどんな語りが望ましく、適切であるかを決めるのも、「殴られなかった者たち」ではない。

ゼバスティアン・ハフナーに宛てた一九七八年七月三十一日の手紙に、ジャン・アメリーは次のように書いている。「私の傷は、新しいかさぶたでふさがることはありません。新しいかさぶたが傷をふさごうとするならば、私はそのかさぶたをはがします。なぜなら、かさぶたの下が膿み続けていることは、わかっているからです。(…)あなたは客観性を持ち出すのが早すぎるように、私には思われます(101)」

今日でもまだ、アメリーの言う「かさぶた」は存在しない。今日でもまだ、証人の語りは、本人にとって否応なく、主観的で、不完全なものだ。なぜなら、ほかのあらゆる体験から切り離されたような体験、その体験をした者を世界から振り落としてしまう、そんな体験については、そのようにしか語りようがないからだ。こういった体験について語ることが、語り手が自身のかさぶたを新たにはがすことを意味するのなら、その語りは、そこに客観性や自身の体験とのつながりを期待する聞き手にとっては、奇妙に見えるかもしれない。それは、あまりに興奮した、あまりに混乱した、あまりに疲れ切った、あまりに切れ切れの、あまりに空白だらけの話に見えるかもしれない。

だが、もしかしたら、聞き手のほうも時とともに理解できるようになるのではないだろうか。語り

(100) 同、S. 9.
(101) Jean Améry, An Sebastian Haffner, Brief 318, in ders., Werke Band 8, Stuttgart 2007, S. 585f.

のなかのまさにそのひび割れこそが、ヘルタ・ミュラーの言う「ひび割れ」と同じものなのだと。すなわち、それは語り手という人間自身に入ったひび割れなのだと。また、語りの断絶は、ジャン・アメリーが語る世界への信頼の断絶なのだと。語りの混乱は、プリモ・レーヴィの語る混乱なのだと。そして、語りの空白は、もはや語ることのできない人たちを悼む悲しみを映し出しているのだと。

文学者のアルブレヒト・コショルケは、語りについての論考で、次のように述べている。「コミュニケーションの本質とは、なんらかの情報を荷物のようにひとつの場所から別の場所へと送ることではなく、翻訳や変換といった機能を含有する断絶の瞬間こそが、文化領域の本質的で機能的な特徴としての多言語表現を可能にするのだ」

まさにこの断絶のせいで、ずれと言い換えの瞬間のせいで、語りはある人にとってはなじみ深いものになると同時に、別の人にとっては理解困難なものになる。オットー・ドフ・クルカは、こう語っている。彼はあるときアウシュヴィッツについての講演を聴いた。そしてその後、講演で言及された、やはりアウシュヴィッツに関する本を読んだ。にもかかわらず、そこに描写された現実になんのつながりも見いだせなかった。それらは彼自身の体験であったにもかかわらず。「その世界、風景、現実の描写と、いまだに私の現在の一部であり続ける光景、場面、風景、体験や、いまだに現在性を持つ過去とのあいだには、渡ることのできない川が流れている」[102]

川のこちら側とあちら側におけるそれぞれの描写、語りのさまざまな形——学問的語り、自伝的語り、記憶の断章、断片、切れ端——そのすべてが、コショルケの言う「多言語表現」に相当するものだ。

収容所や刑務所についての証言、拷問や暴力、組織的な権利剝奪と虐待についての語り、強姦や性暴力の報告——それらは、切れ切れで不完全なものかもしれない。小声で語られることもあれば、大声で叫ばれることもあるだろう。詩的に聞こえることも、冷静沈着に聞こえることもあるだろう。それらは、加害者、被害者、内部からの証言者、外部からの証言者、そして彼らの子供や孫と、さまざまな人の声や視点を含んでいるだろう。それらは、死んでいった者たちのことを語ることもあれば、生き残った者のことを、罪または不運のことを語ることもあるだろう。だが、それらが持つあらゆる断絶や空白はすべて、我々の社会の、流動的で、未完成で、時間的に非連続な語りを形作るものなのだ。

語りが「流動的」なのは、語る声もさまざまなら、語る準備が整う時期もさまざまだからだ。そして、それぞれの語りが、それぞれ異なることがらを想起するものだからだ。語り手自身の話、他者の話を補完したり訂正したりする話。語りが「未完成」なのは、断絶や空白があるからだ。それらは、語るのではなく、悼むための断絶や空白なのかもしれない。語りが「時間的に非連続」なのは、ハンナ・アーレントが論じたように、自身のアイデンティティの時間的連続性は、他者との会話のなかで

(102) Kulka, Landschaften der Metropole des Todes, S. 119.〔クルカ『死の都の風景』〕

初めて証明される必要があるからだ。

こういった会話によって自身のアイデンティティを証明せねばならないのは、「殴られなかった者」、被害を免れた者、子供や孫など次世代の人間でもある。すなわち、加害者や被害者の物語を、語られない物語も含めて引き継ぐ我々だ。我々が個人として、社会としてどうありたいか、どうあることができるか——それらはすべて、我々がこういった多くの声による、未完成で時間的に非連続な語りを可能にするかどうかにかかっている。

そこにこそ、冒頭に引用したテキスト中の、「はい」という約束の地平が広がっているのだ。

もしかしたらアンナ・アフマトヴァは本当に、自分は「それ」を書くことができると信じていたのかもしれない。または、「それ」とはいくつかの情報を詰め込んだ荷物ではなく、そこには断絶の瞬間が含まれていることを、そして、「それ」は翻訳され、別の形で表現されねばならないことを、ただ知っていただけなのかもしれない。

またはアフマトヴァは、ただ「できる」と主張したかっただけかもしれない。「はい」という言葉は、「それ」を語るべき相手はきっと現れるという、未来を先取りした約束だったのかもしれない。または、「はい」という言葉はただ、「それ」を語ることができる誰か、信頼に足る誰かがいてほしいという、アフマトヴァ自身の希望から出たものなのかもしれない。その「誰か」とは、我々だ。

アフマトヴァの希望は、我々が理解することだ。どの世代も、繰り返し、「じゃあ、あなたがこれを言葉にしてくれる?」と問いかける「青ざめた唇の女性」の前に立つことになることを。そして、どの世代も、繰り返し、その問いに「はい」と答えるためのそれぞれの形式と言葉を見つけなければならないことを。

他者の苦しみ

彼らの年齢を推測するのは難しかった。九歳から十三歳のあいだなら、何歳であってもおかしくなかった。彼らは、もはや靴に届いていない短すぎるズボンをはいて、兄や姉のお下がりの大きすぎるセーターを着ていた。寄り集まってあたりを徘徊していた。午後、監視のない時間帯に、ジェニンの難民キャンプの通りをあてもなくうろつく少年たち。彼らは気晴らしになるなにかを探していた。子供から大人になる過渡期をなんとかしのぐためのなにかを。

そこにたまたま現れたのが、その犬だったに違いない。まだ生後八週間にも満たない犬だ。子供たちは、その犬に縄を巻きつけて、引っ張りながら歩いていた。首輪は付いていない。子供たちが誰の真似をしていたのかはわからない。目の粗い縄は、震える犬の首を締め付け、呼吸を困難にしていた。犬のあえぎ声が聞こえた。それも、数メートルも離れたところから。その犬は、灰色と黄色の雑種だった。足が少しばかり大きすぎるが、その足をもってしても地面に踏ん張ることはできていなかった。子犬は、歩くというより引きずられているといった有様で、縄を引っ張る力と首を絞める力に抗い、通りを引きずりまわそうとする少年たちの蹴りに抗い、踏ん張ろうとしていた。少年たちのその行為は暇つぶしだった。彼らは恐怖で震える小さな犬を見て楽しんでいた。彼らが縄を引っ張るため、子犬は首を伸ばして宙吊りになり、前足はもはや地面に触れていなかった。

子犬の目のなかにあるパニックは、少年たちにも見えているはずなのに。子犬の鳴き声が、聞こえているはずなのに。少年たちは、どこかで拾ってきた木の枝で子犬の体を叩いている。子犬が痛がっているのは、わかっているはずなのに。犬の毛皮がどれほど柔らかいか、犬がどれほど幼いか、感じているはずなのに。

私は彼らに向かって突進した。自分を抑えられなかった。なすすべもない子犬の姿を見ることに耐えられなかった。あのときの自分の行動を、誇りに思っているとは言い難い。なぜなら、ああいった状況で犯し得る間違いを、私はすべて犯したからだ。

いったいなにを考えてるの？　自分の声をコントロールできなかった。私は怒鳴っていた。そんなふうに犬を引きずるなんて、いったいなにを考えてるの？　その犬をいったいどうするつもりなの？

答えはわかっていた。少年たちは、犬を苦しめたいのだ。午後いっぱいずっと。もしかしたら、溺れさせるつもりかもしれない。または、動けなくなるまで叩くつもりかもしれない。少年たちは三人組だった。ひとりが犬が抵抗できないように押さえつけ、ほかのふたりが犬を痛めつけるつもりかもしれない。

少年たちは壁を背にして立ち、私に付いてくれていたパレスチナ人の通訳者サルワを見つめた。サルワもまた、私の怒りを目にして、少年たちに劣らず驚いていた。そして、私の怒鳴り声の内容を、おそらくはより穏便なアラビア語に通訳した。すると、少年たちは笑った。半ば戸惑い、半ば反抗的に。なにが言いたいわけ？　この犬があんたになんの関係があるの？　これは俺たちの犬なんだけど。

私の怒りは、どんどん膨れ上がっていった。少年たちの残酷さに対してばかりではない。自分の無力さにも怒りが募った。できることなら、少年たちを殴りたかった。力いっぱい殴りつけてやりたかった。彼らに痛みを与えたかった。自分たちがこの犬になにをしたかを、理解できるように。犬はそのときには、私の両足のあいだに丸まって、震えていた。たったいま自分の命をめぐるやり取りが行われていることなど、知る由もなく。

少年たちの言うとおりではあった。犬は彼らのものだ。少なくとも、私のものだと言うよりは、彼らのものだと言ったほうが説得力がある。もしも私が彼らから無理やり犬を取り上げれば、私をこれほど怒らせているこの場所での暴力の法則を、私自身が認めることになる。

サルワが私を見つめていた。私は内心では、自分のほうが壁際まで追い詰められているように感じていた。怒りのあまり、パニックに陥った子犬と同じくらい震えながら、その犬を少年たちからどうやって守ってやったらいいのか、わからずにいた。

なぜ、少年たちにとってまったく当たり前ではないもの――すなわち同情心――が、あのときの私には当たり前のものだと思えたのだろう？　あの時、あの場面で、非難されるべきは誰だったのだろう？　同情心を持ち合わせない少年たちか、それとも、少年たちが犬に味わわせたのと同じ痛みを彼らに味わわせてやりたいと思った私か？

今日でもまだ、私はあのときのことを恥じている。

同時に、なにがあのときの私をあれほど怒らせたのか、少年たちがあの子犬にひどい苦痛を与えたがっていることを、なぜ理解不能だと思ったのか、と問いかけ続けてもいる。子犬をあんなふうに痛めつけるなど、同情心のない人間にしかできないはずだ。

いったいどうして、少年たちはあんなことができたのだろう？　同情心というのは、自然に湧き出るものではないのだろうか？　他者の苦しみを目にして自動的に抱く、衝動的な感情ではないのだろうか？　同情心にも限界があるのだろうか？　もしそうなら、どんな限界が？

私たちの多くが子供のころから聞かされて育つ、「よきサマリア人のたとえ」では、サマリア人は地面に横たわる怪我人を見て、その苦しみを即座に理解する。横たわっているのはサマリア人の親戚でもなんでもない、赤の他人だ。しかもサマリア人は、見返りを求めずにその人を助ける。それどころか、「盗賊に襲われた」怪我人の傷に包帯を巻いてやるのみならず、自分の家畜に乗せて、宿屋まで連れていってやり、そこでさらに介抱してやる。そして旅立つときには、宿の主人に二枚の銀貨を手渡し、怪我人の面倒を続けてみてやるよう頼むのである。つまりサマリア人は、自分が他者を助けるのみならず、その助けの報酬を自分で支払いさえするのだ。

私たちが聞かされる物語のなかでは、サマリア人の人助けに理由はない。彼の行為には自分の得になるような動機はなにひとつない。彼はただ、困り、苦しんでいる人を見かけ、その困窮に対して行動を起こした。まるでそれが彼自身の困窮であるかのように。そして、この物語は、まさにそう語られるのだ。つまり、隣人愛を説明するものとして。隣人を自分自身と同じように扱い、愛することで、自分自身と隣人とのあいだの区別はなくなる——それが隣人愛なのだと。

間違いは、まさにそこにこそあったのかもしれない。同情、慈悲、慈善の物語に、「自分」という概念を登場させてはならなかったのかもしれない。同情心や連帯意識のような、他者の苦しみに関する概念は、最初から「私」という概念とは切り離しておくべきだったのかもしれない。

それなのに、私はまさにその間違いを犯した。少年たちに、こう言ったのだ。縄に繋がれているのが自分だったとしたら、そんなふうにされたいと思うか、と。少年たちがこの犬に同情心を持てないのなら、私が彼らの想像力を掻き立ててやらなくては――私は直感的に、そんなふうに考えたのだ。誰かに同じことをされたとしたらどんなふうに感じるか、想像してみなさい、と言ったのだ。

ジェニンの難民キャンプの少年たちは、縄をしっかり握りしめたまま、黙りこくっていた。彼らの目はこう言っていた。俺たちが痛めつけられ、屈辱を味わわされているんだから、この犬だって同じ目に遭っていいじゃないか。

隣人のことを自分自身と同じように扱うべきならば、自分自身が受けられない扱いは、隣人も受けることができないのではないか――それが少年たちの無言の論理だった。

それに、そもそも相手は犬だ。人間ではない。

だからといって、同情心を抱くのは難しくなるものだろうか？　隣人の苦しみを自分自身のものとして認める以前に、そもそも隣人を隣人として認識することを可能にするのは、外見の相似なのだろうか？

もしそうだとすれば、それは、人を貶め虐待するあらゆる政権が、まず最初に被害者の外見を変えることの説明になるだろう。なぜ捕虜が髪を剃られるのか、なぜ個人的な所有物を奪われるのか、なぜあらゆる個人の特徴を奪われるのか。なぜなら、そんなふうに外見を変えられた生物を、人間と見なすのは難しいからだ。被害者に拷問者と似たところがまったくなければ、拷問は容易になる。被害者が裸で、尿や汗の匂いにまみれ、ほかの被害者たちとは同じように見えても、拷問者自身とは似たところがないのであれば。そしてそれは、私たちがなぜ、困難にあったり窮乏している人が涎をたらし、ふらつき、悪臭を放ち、ときには這いずっているのを見て目をそむけるのか、私たちがなぜ、本来なら同情心を抱いてしかるべきところで、嫌悪感を抱くのかの説明になる。

なぜアブ・グレイブに囚われた人たちがビニール袋をかぶせられていたのか、なぜ動物のように首輪につながれて地面に座らされていたのかも、それで説明がつく。そして、虐待を受ける人間が、まず第一段階として美的な意味で非人間化され、虐待する者に似ても似つかなくなれば、なぜその人間を苦しめることが難しくなくなるのかも、それで説明がつく。

それこそが、同情心の質的な限界なのだろうか？　自分自身との相似が？　人間として見分けがつくかどうかが？

そうだとすれば、それは、ボスニアのトルノポリエ強制収容所で、収容者であるイスラム教徒たちが痩せ衰えた裸の上半身をさらしている有名な写真が、ヨーロッパ社会になぜあれほどの戦慄をもたらしたのかの説明にもなる。その写真は、ドイツ人が作った強制収容所にいる骨と皮ばかりの囚人を写した歴史的写真を思い出させたばかりではない。そこに写っている人たちは、写真を見る私たちと似てもいたのだ。もしも撮影された被害者たちが金髪でなかったとしたら、あそこまでの動揺が生まれただろうか？

アジアで起きた津波の犠牲者に対する一見無限の同情心が、もしかしたら無限ではないかもしれない理由も、それで説明がつく。私たちにとって、津波による苦難は、他者の苦難ではなく、観光客としてあの場にいて犠牲になった私たちの友人や知人の苦難だったのだ。

それこそが、同情心の量的な限界なのだろうか？　毎日のように世界中のあらゆる場所から届く写真や映像のすべてに反応することは、実質的に不可能だということだろうか？　無限の同情心を抱きながら生き続けることに、耐えられる人などいるだろうか？

それこそが、なぜ私たちが時間とともに耐性を身に付けていくのか、なぜさまざまな写真や映像が、たとえそれが現実のものであっても、演出されたものに見えてくるのか、なぜ私たちが、苦難それ自体ではなく、苦難の美化を嘆くのかの説明になる。そして、なぜ私たちが個人的な苦難の物語を読み、聞きたがるのかの説明になる。なぜなら、物語が個人のものである限り、私たちは、苦難は個人的なもの、限定的なものだと自分をごまかしていられるからだ。たとえそれが実際には、集団的かつ構造的な苦難だとしても。

そして、なぜ私たちがいつの間にか、同情心をなにか感傷的なものと見なして嘲笑するようになったのかも、それで説明がつく。まるで、同情心などというものは、クリスマスに宣伝されればじゅうぶんで、世界がまだ狭く一様だった時代、隣人がまだ私たちに似ていて、理解可能に見えた時代へのセンチメンタルな思い出でしかないかのように。

もし同情心の限界がわかっているのなら――それが私たちとの相似や、同情の対象の量によって決められると知っているのなら――、私たちが同情心を捨ててしまわないのはなぜだろう？　他者の苦しみを自分の身に置き換えて想像するべきだという要求や期待を、捨ててしまわないのはなぜだろう？

あのとき私は、汚れた壁際で少年たちの前に立っていた。誰ひとり、動かなかった。誰ひとり、出口が見えなかった。少年たちに理解してもらうには、私はどう説明したらよかったのだろう？　彼らの心をほぐすには、どんな言葉を使えばよかったのだろう？　怒りを制御しつつ、なおかつ子犬の運命に無関心だという印象を与えないためには、どうすればよかったのだろう？

あのときの私は、ドイツ語で話した。突然、ほとんど無意識のうちに、英語から母語であるドイツ語へと切り替えていた。ドイツ語で、私はすべてを語った。私が言いたかったことのすべてを。私が少年たちの行動のなにを許せないと思っているかを。たとえ少年たち自身がどれほどの苦しみを味わっていようと、彼らがいま振るっている暴力が、どれほど彼らの日常の一部になっていようと、彼らがどれほど幼かろうと、相手が人間でなく犬であろうと、まったく関係なく。

少年たちは驚いていた。信じられないという顔で、サルワと私の顔を交互に見比べながら、次第に、私の話の内容が通訳されることはないのだと悟っていった。そして、なにを言われているのかわからない状況に至って初めて、少年たちは理解し始めたように見えた。ここにいる外国人は、怒っているというより絶望しており、自分たちの行動を見過ごせないと思っていること。この外国人は、自分たちの行動に無関心ではないこと。なにかを理解できないせいで憤慨していること。この外国人は、自分たちからなにかを取り上げようとしているのではなく、与えようとしていること——他者に関心を持つというのがどういうことかを、伝えようとしていること。

あの犬がどうなったのか、私は知らない。ときどき、私の行動はむしろあの犬の害になったのではないかと心配になる。あの少年たちは、私に味わわされた恐怖への仕返しとして、あの犬を殺してしまったのではないかと。そしてときどき、やはりあの子供たちを殴りつけて、犬を解放してやるべきだったのではないかと、自問する。

だが同時に私は、少年たちが私の心を感じ取ってくれたのではないかという希望を持っている。子犬に対する同情心ばかりではなく、彼らに対する連帯感を。そして、少年たちが犬を解放してやったのではないかという希望を持っている。犬のためばかりでなく、彼ら自身のために。

拷問の解剖学的構造

「彼らは私の服や、彼らが与えたあらゆる衣類を脱がせて裸にしました。私はその状態で、六日間過ごしました。（…）それから、おそらく夜中の二時ごろに、ドアが開いて、グレイナーがやってきました。グレイナーは私の両手を背中にまわして手錠をかけ、私の両足も拘束して、シャワールームに連れていきました。（…）それからグレイナーと、グレイナーに似ているけれど、眼鏡をかけていない、薄い口髭を生やした若くて背の高い別の男とが、シャワールームに入ってきました。彼らは私の顔に胡椒を振りかけ、それから殴打が始まりました。殴打は三十分続きました。それから、彼は私を椅子で殴り始め、やがて椅子が壊れました。それから彼らは、私を窒息させ始めました。あのときは、死ぬと思いました。命があったのは奇跡です。それから彼らは、再び私を殴り始めました。やがて殴るのに疲れるまで、集中して私の心臓を殴りました。それから少し休憩をした後、彼らは私を足で非常に強く蹴り始め、私は意識を失いました(1)」

証言 0003-04-C1 D 149-B 31 30（最後の文字は判読不能）モハンデッド・ジュマ・ジュマ、囚人番号 152307

アブ・グレイブでの虐待の映像を、私たちは繰り返し目にしてきた。被害者たちの捻じ曲がった身体が積み上げられた写真を、同情の目で眺めた。人間が獣へと貶められた場面を、イスラム教徒の被害者が虐待者の性的恐怖や妄想を体現する存在、それらを発散する対象となった場面を目にして、戦慄した。拷問者の倒錯した陽気な笑顔や、自身の姿を撮影して喜ぶ姿について、分析した。ところが私たちは、こういった素人写真に写っている光景について集中的に議論する一方で、そこに写っていない犯罪のことは無視していたのである。

すなわち、アブ・グレイブの画像が、拷問の画像化および拷問における演出の役割についての代表的な例として分析される一方で、本来ならば、画像には写っていないながら詳細に記録された元収容者たちの無数の発言から浮かび上がるアブ・グレイブもまた、語られねばならないはずだ。彼らの物語は、写真のなかには見つからない。演出には不向きだからかもしれないし、あれだけのことをした加害者たちでさえ画像化をためらう所業があったのかもしれない。または、公の場に出すわけにはいかない光景だったのかもしれない。

(1)　アラビア語の原文に当たることができないため（これらの証言がアラビア語で記録されたかどうかさえ定かではない）、ここでは、アブ・グレイブ刑務所の囚人たちの証言は――間違いも多いとはいえ――英訳をそのまま引用する。引用元は以下の文献である。"Sworn Statements by Abu Ghraib Detainees" in Washington Post, http://www.washingtonpost.com/wp-srv/world/iraq/abughraib/swornstatements042104.html.　タグーバ報告書の全文は、以下で読める。http://www.globalsecurity.org/intell/library/reports/2004/800-mp-bde.htm.

多くの被害者や目撃者の証言記録のなかには、次のようなものがある。「彼らは被害者たちを、床に倒れるまで殴りました。被害者のひとりは鼻に怪我をして、鼻血を出していました。(…)それから医者が、傷を縫うためにやってきました。するとグレイナーはその医者に、縫い方を自分にも教えてほしいと頼んだんです。そして本当に縫い方を習いました。それから彼は針と糸を手に取って、椅子に腰かけ、傷を縫おうとしました。そして、怪我人の写真を撮るために、もうひとり別の男が来ました」また、次のような証言もある。「通訳者もいました。アブ・アデルという名前のエジプト人です。グレイナーやデイヴィスやその他の人間に協力していました(2)」

医師、通訳者、名札を付けた兵士、名札を付けていない兵士――皆がアブ・グレイブでの拷問に参加した。「あれらは少数の個別の例に過ぎない」と、二〇〇四年五月五日、ドナルド・ラムズフェルドは語った。「非アメリカ的な事例だ」と。拷問に関わった兵士たちは、与えられた信頼を裏切ったのだと。奇妙なことに、公になったばかりのアブ・グレイブでの虐待をどう解明するかという問いに、ラムズフェルドは「システムは機能している」と答えている。ラムズフェルドにとって、虐待は個々の病的なサディストによる所業だった。加害者たちは古典的な変質者であり、ごく普通の兵士たちとはなんの関係もない存在だったのだ。

世間の注目はすぐに、ラムズフェルドが描き出した極悪非道の暴虐者または精神障害を抱えた変質者という像に最もよく当てはまりそうな軍所属の人物に集まった。チャールズ・グレイナーとリンディ・イングランドである。だが、この事件の構造的、政治的分析には、もうひとりの、どちらかといえばあまり注目されなかった加害者のほうがずっと適している。イヴァン・フレデリックという名の、ウェスト・ヴァージニア出身の予備役兵だ。それまではごく平凡で善良な白人市民で、軍役に就いていないときには、バッキンガム・コートにある州刑務所で看守をしていた。

ヴァージニア州バッキンガム・コートでは、世界は狭い。そして見通しがきく。町を貫通するルート60沿いにある〈ヴィデオ・ヴォヤージュ〉には、日にさらされて色あせた〈キル・ビル〉の看板があり、その隣の埃っぽいブラインドの奥には地元のフィットネスセンター、そして、古い二台の大砲に挟まれたオベリスク――南北戦争当時の南部同盟兵士たちの記念碑――がある。ほかにはなにもない。映画館も、スーパーマーケットも、バーも。新聞を買うことのできるキオスクさえない。バッキンガム・コートでは、世界はテレビのなかにしか存在しない。ＣＮＮニュースとＦｏｘニュースのなかにしか。

ルート60の北側には、バプティスト教会〈メイスヴィル〉と墓地がある。墓地の墓板はぴかぴかに磨かれ、花束が、まるで切ってきたばかりのように、きれいに供えられている。ここに眠っているのは、町の息子たちだ。バッキンガム・コートに生まれ、死んでいった人々。ルート60の左右に広がるみすぼらしい街区において、彼らの一生が顧みられることはまずなかったであろう。もし彼らに名誉または死をもたらした一連の戦争――第一次世界大戦、第二次世界大戦、朝鮮戦争――がなかったとしたら。ルート沿いに並ぶ家々の庭先には、星条旗がはためいている。ときどき、南軍のシンボルである聖アンデレ十字の旗も見られる。

（２）証言ナンバー003-04-C1D149-（最後の文字は判読不能）シャラン・サイード・アルシャロニ、囚人番号150422

ヴァージニア州バッキンガム・コートの秩序正しき世界

ルート60からやや外れたところにあるマーサ・フレデリックの家の庭には、赤青白の星条旗が翻り、この地域ではごく当然の愛国主義を表明している。芝生はきれいに刈られ、手入れが行き届いている。ヴェランダに続く数段の階段の両端に、ふたつの鉢植えが置かれている。バーベキュー用のグリルには、ビニールの覆いがきちんと掛けられている。「旅に出るたびに、任務に就くたびに、あの人はアメリカの国旗を持ち帰りました」マーサ・フレデリックは言う。「この国のことを、とても誇りに思っていたんです」マーサは夫のことを過去形で語る。まるで故人のことを話すかのように。まるでもう夫を待ってはいないとでも言うかのように。とはいえ、バッキンガム・コートの秩序正しき世界には、とうの昔にひびが入っている。アブ・グレイブ刑務所を世界中で有名にした数々の画像が世に出て以来。アブ・グレイブ刑務所は、まったく見通しのきかない場所だ。マーサの夫、イヴァン・フレデリックが拷問者となった場所。

誰もがただ「チップ」と呼ぶイヴァン・フレデリックは、メリーランド西部の森で育った。ハイスクールを卒業後すぐに、予備役兵として国防軍に志願した。訓練に当たった軍曹は、この内気な若者のことをそれほど買っていなかった。一九九六年、イヴァンは、駆け出しの刑務所看守として受けた研修で、未来の妻マーサに出会う。マーサはイヴァンの上司であり、すでにふたりの子を持つ母親であり、さらに黒人だった。この不釣り合いなふたりは、それでも結婚した。三年後に子供が生まれた。夫婦は毎朝、一緒に刑務所へ通勤した。

四階建ての州立刑務所である〈バッキンガム矯正センター〉は、地域最大の雇用元だ。千人弱の収容者が、四百人の職員によって管理、監視されている。虐待もされているのだろうか？　看守からの暴力はいかなる形であれ「厳正に調査される」と、刑務所長のジェラルド・K・ワシントンは言う。「ここでは、私が信頼できる者しか雇わない」と。刑務所職員であったフレデリックのことも、ワシントンは常に信頼していた。

フレデリックのささやかな生活は、二〇〇一年九月十一日を境に大きく変わった。合衆国は「テロとの戦争」に突入し、予備役兵の任務――それまでは月に一度の週末および、年に一度の二週間にわたる訓練のみだった――はフルタイムとなった。フレデリック曹長は応召され、ペンシルヴァニアに送られた。

軍警察第三七二部隊の兵士たちが、イラクでの勤務に向けて整えることのできた準備は、非常に限られたものだった。彼らは斥候訓練をし、速度コントロールのシミュレーションをして、武器の扱いを学んだ。だが、イラクという国の文化的特徴についても、ジュネーヴ協定についても、なにひとつ教えられなかった。

二〇〇三年三月六日にフレデリックの最高司令官にあたるドナルド・ラムズフェルドに提出された「対テログローバル戦争における捕虜への尋問」についての秘密調査グループの報告のことを、フレデリックは知らなかった。九月十一日のテロはサダム・フセインによって支援されていたと、テレビで副大統領のディック・チェイニーが言った。イラクには大量殺りく兵器があると、テレビでコンドリーザ・ライスが言った。そしてフレデリックは彼らを信じた。

二〇〇三年五月、フレデリック曹長は、ドナルド・リーズ大尉率いる軍警察第三七二部隊とともに、イラクへ派遣された。妻マーサに宛てた初期の手紙で、彼はこう書いている。「君のそばじゃなくて、ここにいなきゃならないのが辛いよ。でもそれもすべて、この国をよりよい国にすると同時に、俺の家族を守るためなんだとすれば、俺は任務を果たすよ」

フレデリックがイラクへ派遣されたのと同じ月、アメリカ陸軍犯罪捜査司令部（USACIDC）によって、第三二〇陸軍大隊の兵士四名に対する捜査が始まった。四名には、キャンプ・ブッカにおける残虐な捕虜虐待の嫌疑がかけられていた。ところが、彼らは訴えられることさえなかった。軍服を着た加害者たちは、不名誉除隊処分を受けたのみだった。

イラクに赴任すると、フレデリックは小型カムコーダーでデジタル日記をつけ始めた。妻のために、自分自身の姿と戦時下の日常とを撮影した。それらは、苦しみも疑念も見られない朗らかな映像だ。パトロール中の埃っぽい通り、それに、頻繁に子供たちの姿が映っている。だがいくらもしないうちに、美しい表層に最初のひびが入る。フレデリックの隊の任務は通りのパトロールのはずだったが、兵士たちは必要な防弾チョッキを着ていない。夫の「チップ」からの懇願の電話で、妻のマーサ・フレデリックは、インターネット販売会社から防弾チョッキを買って、夫のもとへ送らせた。

「君に再会するのが待ちきれないよ」と、映像日記のなかの「チップ」は語る。まっすぐに立って、緑色の軍用半袖Tシャツを着て、左の上腕には、妻の愛称「ティンキー」のタトゥーがある。カメラをまっすぐに見据えている。ただときどき、びくりと震える。そして、面倒くさそうな手の動きで、ハエと内心の動揺を追い払う。「ここは結構キツイよ」と、フレデリックは言う。六月十三日のことだ。

二〇〇三年六月、ジャニス・カーピンスキー准将──第一次湾岸戦争でも任務に就いていたが、刑務所の指揮を執ったことはなかった──が、イラクにおけるすべての軍刑務所の指揮を任された。軍警察八個大隊および三千四百人の予備兵が、彼女の指揮下に入った。

時がたつにつれて、フレデリックが表の顔を保つのは難しくなっていった。映像日記は徐々に、心理的崩壊の記録となっていく。やがて、意気消沈したフレデリックが、目の下に大きなクマを作って、白いアンダーシャツ姿で夜の闇のなかに座りこむ姿が映されるようになった。言葉はぼそぼそとつぶやくのみで、視線は完全にカメラを避けている。落ち着きのない様子であたりを見回し、ときには膝に載せたマシンガンが映り込む。「ここはもう完全にコントロールがきかなくなってる」と、小声で彼は言う。「ブッシュは俺たちに嘘をついた。戦争は終わったって言ってたのに。終わったなんて、とんでもない」この時点で、フレデリックは、まだアブ・グレイブに配属されてさえいない。

八月三十一日、グアンタナモ湾における統合任務部隊の指揮官であるジェフリー・D・ミラー少将がイラクに到着した。ミラー少将のチームは、この時点で、ラムズフェルドの指示により、すでにキューバにおいて、恒常的な雑音や性的虐待をほのめかすことで捕虜から睡眠を奪っていた。イラクにおいても、少将は「捕虜から対処可能な情報を迅速に得るための可能性」を探った。

二〇〇三年九月、ミラー少将は、刑務所を管理する部隊をシークレットサービスの指揮下に置くことを提案した。その目的は、兵士たちを「捕虜たちから成功裏に情報を得るための環境を積極的に作り出す」任務に就けることだった。

九月十七日、イヴァン・フレデリックは妻に宛ててこう書いている。「最新情報。俺たちは、俺が期待していた任務じゃなくて、バグダッドのアブ・グレイブ刑務所での任務に就くことになった。この刑務所のことは前にも話したよね」本来ならアブ・グレイブは、刑務所の看守を職業とするフレデリックにふさわしい任務地のはずだ。だがフレデリックは気が進まなかった。「この任務が怖い。でも、だからってなにができる？」

明瞭な職務規定なしに

フレデリックの隊がアブ・グレイブに到着したとき、刑務所の状況はすでに制御不能となっていた。数千人の捕虜が、バラック群と、隣接するキャンプ・ヴィジラントとキャンプ・ガンシのテントに収容されていた。未成年、女性、精神病者、犯罪者、国家保安警察の捕虜——全員がここに収容されていたのだ。フレデリックの直接の上官であるリーズ大尉は、最初の巡回の際、1－Aブロックで裸の捕虜たちを目撃した。民間での職業はブラインドの販売員だったリーズ大尉は、シークレットサービスのオフィサーたちに問い合わせた。すると彼らはリーズ大尉に、「変わったことでもなければ、法律違反でもない」と請け合った。

ミラー少将の提案以来、アブ・グレイブはシークレットサービスの指揮下に置かれていた。ＣＩＡの職員および、民間軍事会社である「タイタン・コーポレーション」と「ＣＡＣＩ」の社員たち、全員が一緒になってアブ・グレイブを管理していた。「だが秩序立った監視システムはなかった」と、後に公式の調査報告に記されている。私服で任務にあたる者もいれば、軍服を着ている者もおり、名札をつけている者も、つけていない者もいた。

フレデリックは、妻マーサに何度も電話をかけて、すべてが混乱を極めていると嘆いている。この刑務所には明確な職務規定がない、と。ある日は、新しい上官に敬礼しなければならなかったと思うと、別の日には、敬礼したことで注意を受ける。自身も刑務所の職員であるマーサは夫に、自分自身の職務規定を書くようにと勧めた。だがフレデリックは、そんなことはとてもできない、この刑務所では自分にはなんの発言権もない、と答えた。アブ・グレイブ刑務所での胸が悪くなるような現実については、とても語ることはできなかった。

十月、第三二〇大隊のディネンナ少佐は、第八〇〇軍警察旅団のウィリアム・グリーン少佐に宛てて何通ものEメールを送り、アブ・グレイブの凄惨な環境を訴えている。刑務所で配られる民間会社提供の食事のなかには、ネズミや南京虫、汚物が混ざっている、とディネンナは書いている。だがディネンナ少佐が受け取ったのは、支援ではなく、叱責だった。「食事に汚物や南京虫が混ざっているなどと訴えているのは誰ですか？　もしそれが被収容者からの訴えならば、信じる必要はありません」ディネンナ少佐はこう返信した。「我々の軍警察、介護士、軍医も、汚物や南京虫やネズミを確認することはできます——そして、実際に確認したのです」被収容者に対するこの無関心は、イスラム教徒の犠牲者がとうに通常の戦争における正当な敵とは認められなくなっていたことと、関係があるのだろうか？

ヴォルフガング・ソフスキーがその著書『テロの秩序』で述べているとおり、テロを制度化することとは、暴力の無制限化の条件である。「習慣化した暴力は、ひとたび制度として確立されると、加害者へと反作用する」フレデリックの隊の兵士たちは、とうに確立された行為をただ模倣したにすぎない。躊躇などすでにすべて失われ、あらゆる規範が破られた「テロとの戦争」において、担当部署のあいまいさとヒエラルキーの混乱を前にすれば、明快な命令などもはやまったく必要とはされないのだ。

上官たち――軍シークレットサービスの一旅団を指揮するトーマス・パッパス大佐、その同僚であるスティーヴ・ジョーダン中佐、そして民間軍事会社CACIに属する尋問のスペシャリストであるスティーヴ・ステファノヴィッツ――は、指揮下に置かれた予備役兵たちを手先として使った。「あいつを俺たちのために下ごしらえしろ」といった曖昧な指示が、シークレットサービスの上官たちから第三七二連隊の兵士たちに下される。「あいつにひどい夜を与えろ」といったものだ。ステファノヴィッツのような人間なら、「自分の命令が身体的な虐待を意味すること」をよくわかっていたはずだと、タグーバ少将による後の調査報告書にはある。そして、フレデリックや同僚たちは、言われたことを実行した。フレデリックは命令を拒まなかった。ジュネーヴ協定を引き合いに出したりはしなかった。自身の良心に従うことも、バッキンガム・カウンティの刑務所における自身の経験を引き合いに出すこともなかった。

アブ・グレイブで目につくのは、命令系統において秩序と無秩序が同時に存在することだ。兵士たちは制度に縛り付けられている。ところが、その制度自体が常に変化し、消滅する。兵士たちは服従せねばならない。だが指示は曖昧で、自立した行動を求められる。それらの指示は暴力に一定の方向性を与えてはいるが、同時に暴力が過剰になる余地は残している。こうして、各々が、一方では拷問を実行するよう命令され、強制されながら、同時に個人として責任を負ったり免れたりすることになるのである。

ドナルド・ラムズフェルドが、二〇〇二年半ばに、軍指導部に対し、より大きな危険を冒すよう求めたのは、こういう意味だったのだろうか？

兵士たちの己の行為に対する疑念の最後の一片は、上官であるステファノヴィッツによって取り除かれた。兵士たちは「素晴らしい仕事」をしている、被収容者たちから「情報を掬い取る」のはいまやずっと楽になった、とステファノヴィッツは言ったのだ。

被収容者への暴力は、アブ・グレイブの日常となった。ひどく傷つけられた体の手当てをする介護士の誰一人として、虐待を止めようとはしなかった。捕虜たちへの拷問は決まりきった作業の一部であり、イヴァン・フレデリックの証言によれば、主尋問室のコンピュータのスクリーンセーバーには、虐待の写真が使われていたという。

秘密のメモ、公式の指示、民間会社、多国籍の傭兵、秩序と無秩序の混交、コントロールされ、組織化された暴力が振るわれる明確に計算された時間、ヒエラルキーの変更と混沌による動揺、明快な指示と無計画の混交——アブ・グレイブにおけるシステムは、完璧に機能していた、というわけだ。

偶然1-Aブロックの状態を目撃した兵士たちが鳴らした警鐘もまた、すべて無視された。何か月間も、なにも起きなかった。なぜ誰も介入しなかったのか？　目の前で振るわれている暴力のことを、知らなかったとでも？　それとも、暴力は最上層部からの指示だと、皆が知っていたからだろうか？

晩秋、フレデリックはマーサに電話して、こう言った。ここではとんでもなくひどいことが起きている、電話では話せない、でもイラクから戻ったらセラピーが必要になるだろう。一月十四日、ようやくすべてが終わった。深夜に調査員が部屋のドアをノックし、フレデリックは連行された。二週間後、アントニオ・タグーバ少将が事態の調査を命じられた。「組織的な問題」と、タグーバは断言する。「指揮系統の欠落」と軍警察の「不十分な訓練」。ところが、法廷に立ったのは、軍警察第三七二連隊の予備役兵たちのみだった。すなわち、命令に従った拷問の実行者たちだ。フレデリックは、懲役八年の判決を受けた。バッキンガム・コートの自宅では、マーサ・フレデリックがもはやこの世界を理解できずにいる。「あの人たちは、私たちに嘘をついて戦争へ駆り立てた」とマーサは言う。「そして今度は、自分たちが犯した罪を、下っ端の兵士に被せている」

リベラルな人種差別

アフリカ系アメリカ人のコメディアンおよびエンターテイナーであるバート・ウィリアムズは、こんな言葉を残している。「黒人であることは恥ではない。だがすさまじく不利だ」

最近では、こう言えるのではないだろうか。ヨーロッパ在住のムスリムであることは恥ではない。だがすさまじく不利だ。

「ムスリム」という言葉は、単数形ではもはや存在しないかのようだ。ムスリムたちは、いまや個人としては不可視の存在である。ボスニアまたはアフガニスタンといった出身地よりも、地元のサッカーチームの一員としての役割や、介護士といった職業のほうを重要視するムスリムなど、存在し得ないかのようだ。「ムスリム」が現在、教師や錠前師として、またはニール・ヤングやムニール・バシールのファンとして認識されることはまずない。また、信仰深い同性愛者、無神論者、オペル社員といった存在もあり得ない――それは、そんな人たちが実際に存在しないからではなく、世間でそう認識されることがないからである。

ムスリムのひとりひとりが、信じてもいないスーラや、知りもしない正統派の教条主義者に対する責任を問われる。暴力的なテロを否定する人たちも、そのテロに責任があるとされ、残虐な政権が支配する国々から逃げてきた人たちも、その政権に対する責任を負わされる。ムスリムたちは、イランのアフマディネジャドからも、アフガニスタンのタリバンからも、自爆テロリストや名誉殺人者からも距離を置かねばならない。だがそうしたところで、誰も信じてはくれない。なぜなら、ヨーロッパではすべてが一緒くたにされているからだ。イスラムとイスラム主義、信仰と盲信、信心深さと不寛容、個人と集団が。

比較のため、ひとつの例を挙げよう。カトリックの学校における性的虐待についての議論が行われる場合、やはり虐待を可能にしたカトリック教会の構造についても問われることになる。だが、だからといって、ひとりひとりのカトリック信者に、虐待行為から距離を置くと表明することを期待する者はいない。カトリック信者であることを公言しているハラルト・シュミットに、彼が知りもしないイエズス会の司祭たちの行為を糾弾することを求める者はいない。

特定の集団に特定の特徴を一律に当てはめることを、かつては人種差別と呼んだ。だが今日では、あいまいな偏見は、「真剣にとらえるべき恐怖感」だとされている。この新しい人種差別が理論上優雅に見えるのは、ムスリムに対する不快感が、決してムスリムに対する不快感だと表明されることがないせいだ。ムスリムに対する攻撃は、常にリベラリズムの衣をまとっており、現代社会の防衛だと見なされる。啓蒙化された、多様な生き方という共感を呼ぶ価値観が、イスラムという概念に対抗する形で持ち出されるのである。

そして「ムスリム」には、現代社会が不寛容だとして糾弾せねばならない特徴や信念が付与される。その典型的な例が、バーデン・ヴュルテンベルク州における移住テストである。このテストでは、市民権が認められるかどうかが、移民の同性愛に対する見方にかかっている。または、ヘッセン州での移住テストでは、現代社会における女性像が問われる。現代的な共生社会を擁護したくない者などいるだろうか？　まさにそれこそが、我が国の基本法と社会秩序が拠って立つコンセンサスなのだから、というわけだ。

実際、上記のようなテストは、教条的で抑圧的な家族像や性的役割像にとらわれている人々のイデオロギーよりも先進的で、よりよいものであるような印象を与える。だが、こういったテストで暗黙のうちに主張されているのは常に、質問する側のリベラルな先進性である。その際、キリスト教民主同盟〔CDU〕が事実婚制度に反対票を入れようとしたことも、彼らの掲げる古臭い家族像も、男女間に限られた結婚という制度へのこだわりも、同性愛カップルが養子を取る権利に反対し続けていることも、すべて忘れられるのだ。

これは、無神論的および批判的フェミニズムとキリスト教的保守主義との、独特の同盟と言えるだろう。たとえば、ムスリム女性のスカーフは、女性虐待に対する正当な批判を反映する場としてとらえられる一方で、異質なものへの恐怖と嫌悪感を反映する場としても利用される。ときには、いったい誰にとって、女性の権利が突如これほどまでに重要なテーマになったのかと、驚かざるを得ない。そして、女性蔑視が「発見」されるのは、それがムスリムにおける家父長制や男尊女卑という形で表れる場合に限られるのではないかという疑念は、あながち根拠のないものではない。まるで、非ムスリムにおける家父長制や男尊女卑は、それほどの批判には値しないかのようだ。もしも、バーデン・ヴュルテンベルク州やヘッセン州において、非ムスリム住人たちにも先進性と寛容性を問うテストを課せば、いったいどれほどの住民が市民権を失うことだろう。だが、不寛容で非リベラルなのは、常に他者のほうなのだ。

ヨーロッパにおけるイスラムをめぐる議論は、極右周辺のみならず、社会の中枢にまで達している。ヨーロッパ人ムスリムに対する不信感を表明するのはもはや、「イギリス生まれでない」イギリス人の国籍剥奪を求めるイギリス国民党のニック・グリフィンや、コーランをヒトラーの『わが闘争』と同視するオランダ自由党のヘルト・ウィルダースのような、国粋主義的極右政党の代表者ばかりではない。とはいえ、それまでは極右のあいだでのみ語られてきたことがらが、突然のように市民的な中道派のあいだでも議論されるようになったのは、こうした政党の活動の結果だろう。スイスではミナレットが、フランスでは全身を覆うベールが禁止され、メディアでは「イスラムによるヨーロッパ征服」をめぐって討論が行われている。

だが、イスラムに対するこの見方は、ヨーロッパとどんな関係にあるのだろう？　こういった議論は、私たち非ムスリム——キリスト教徒、ユダヤ人、無神論者——のなにを明らかにするのだろう？　少数派が多数派をこれほどの不安に陥れることが可能な社会のアイデンティティに、いったいどれほどの強度があるものだろう？　狂信的ムスリムは、昔から存在した。名誉殺人も自爆テロリストもだ。もしかしたら、ムスリムのヨーロッパ社会への融合に関する見方が、歴史的にヨーロッパが自身の融合を目指すまさにその時期に先鋭化してきたのは、偶然ではないのかもしれない。徐々に多くの人が市民権を得られるようになっていったことと、新たに市民権を得た人たちに対する差別とには、関連があるのかもしれない。一九九九年、社会民主党と緑の党の連立政権による国籍法の改革が、ムスリムの認知に関しては逆説的に働いたのではなかろうか。それまでは移民は、チュニジア人やイラク人といったように出身の国で認識されていた。だが移民がドイツ人になれるのならば、彼らには少なくとも「ムスリム」であり続けてもらわねばならない。そうでなければ、元からのドイツ人と区別できなくなるからだ。形式上の平等は決して社会的な平等を意味するわけではないことが明らかになったのは、移民にドイツ国籍を認める法律ができてから何年もたった後だった。フランスやスイスにおけるイスラムをめぐる議論もまた、国が不安定な時期に起きている。

ムスリムとの軋轢が、実のところ、ムスリムとではなく、我々自身とヨーロッパとに関係があるのなら、我々は、ヨーロッパの啓蒙主義とはなんなのか、啓蒙主義の歴史的過程と、それが確立した原則――世俗主義、リベラリズム、寛容――が真に意味するものはなんなのか、そしてこれらの価値観がムスリムとの関係において我々になにを要求するのかを、自問するべきだろう。

本来、「世俗化」とは、教会の世俗的財産を削減するための法的行為を意味するにすぎなかった。より広い意味では、「世俗化」とは、世俗の政治の領域から教会の権威を締め出すことを意味する。つまり世俗化とは、信仰者の宗教的行為に疑問を投げかける概念ではなく、教会の影響から独立した政治システムを構築する概念だ。世俗主義とは反宗教主義ではなく、反教会主義なのだ。個人の信仰はもちろん、公共の場における宗教的なシンボルもまた、世俗主義とはまったく別の問題である。

したがって、公立学校でのスカーフ着用やミナレットの建設を禁止しようとする場合にも、論拠として世俗主義を持ち出すことはできない。スカーフ禁止論者が、スカーフを信仰の表明としてではなく、女性抑圧の道具およびシンボルとして批判する理由のひとつはそこにある。ミナレット禁止論者がモスクを神の家ではなく、テロを準備する場だと定義するのも同じ理由からだ。ある種の人たちにとってテロの危険の理論的支柱とされるものが、別の人たちにとっては女性の抑圧だとされる。だが、重要なのは、スカーフ着用を強制される少女や女性がいるかどうかという問いではなく――そういった女性たちが存在することには疑いの余地がない――、抑圧する主体はなにか、という問いである。

女性を抑圧するのは、本当に一枚の布きれなのか？　むしろ、女性の自立性を無視する家父長制度に則った人間関係ではないのか？　スカーフを禁止すれば、本当に抑圧の構造を打開することになるのか？　むしろ、スカーフ禁止の決定は、女性たちに、父や夫によって決定権を剝奪されているという感覚に替わって、社会や国家によって決定権を剝奪される感覚を与えるだけではないのか？　女性たちは、スカーフを着用する必要がなくなれば、または着用を禁じられれば、それで抑圧の構造から解放されるのか？　むしろ、ムスリム女性たちにブルカやスカーフを禁止するより、教育の機会や仕事を提供するほうが、よほど女性解放にとっては効果的なのではなかろうか？　たとえば、ある子供の服装から、家庭での育児放棄が疑われる場合に、学校に制服を導入すれば問題が解決するなどと思う人間がいるだろうか？

イスラム批判論者が好んで持ち出す、啓蒙における合理主義とリベラルな個人主義は、常に個人の自主性を重んじるものだ。啓蒙主義とリベラリズムが擁護するのは、個人の自己決定権である。教会にも、社会階層にも、出自にも、近代的主体を決定する権利はない。個人の自律的な自由選択こそが、国家によって保護され、守られねばならないものである。

スカーフ着用を原則として禁止する前に、女性が自由意思でスカーフを着用したいと思うことは本当にあり得ないのだろうか、と問うてみなければならない。ムスリム女性がスカーフを着用したいと思うならば、その意思は、リベラル国家においては、スカーフを着用しないという意志と同様、尊重されねばならない。女性の権利を守ろうと思うのならば、彼女たちに自由意思による選択を可能にするべきだ。そして、（ムスリムであろうとなかろうと）女性に対する暴力をこそ告発し、女性を虐待する者をこそ罰するべきなのだ。

もちろん、スカーフやブルカの禁止論者が主張するとおり、危険はある。女性がブルカを着用せねばならないような社会においては、そもそも女性の自由な選択など認められないのではないか、というものだ。これは、真剣に受け止めるべき反論である。とはいえ、たとえばフランスでのように、バスや地下鉄内での女性のブルカ着用が禁止されたからといって、女性たちは本当に、ブルカなしで通りへ出ることを、夫たちから許されるようになるだろうか？　むしろ、家から出してもらえなくなるのではなかろうか？　ジャーナリストのヒラル・ゼツギンは、『フランクフルター・ルントシャウ』紙上で、ブルカを禁止するより、ブルカを着用した女性の行動範囲を広げるために、通訳者をそばにつけるべきだと提案している。

啓蒙主義の遺産とは、個々人が国家に介入されることなしに、各々にとっての幸せな人生を生きるための自由を守ることを意味する。その意味で、世俗主義は常に、信仰の自由の原則と結び付けられてきた。政治システム、国家の法、教育制度は、教会の影響から独立した世俗的なものでなければならない。だが同時に、その政治システムのなかでは、個々の市民のそれぞれの信仰、世界観、各々にとってのよき人生を追求する自由が認められねばならない。

啓蒙の遺産は、個人が合理的に生きることも、非合理的に生きることも、宗教的に生きることも、非宗教的に生きることも許容するものだ。別の世界を追求する自由を意味すると同時に、法治国家と他者の信仰の自由とを認めることも意味する。自分自身を、または現実を超越したいという意志の自由こそが、人間の創造性の源だ。我々自身を超越するものとは、宗教的なヴィジョンでもあり得るし、無神論的なヴィジョンでもあり得る。だが、それを制限すれば、我々の共同社会は衰退し、人生の喜びもまた枯渇していくことだろう。

信仰の自由が、近代化の唯一の形式として強制的に無神論しか認めないのならば、それは信仰の自由ではない。また、信仰の自由が、キリスト教信仰にしか当てはまらないのならば、それも信仰の自由ではない。真の寛容とは常に、嫌悪感を抱かせるものごと、反感を抱かせるものごとに対する寛容である。寛容が和らげるのは嫌悪感であって、好感ではない。そして、多種多様な生き方、性的嗜好、美的嗜好が存在する現代の多様な社会においては、他者の行為や信念を許容することが、市民ひとりひとりに求められる。セヴィリアの復活祭の鞭打行進を倒錯的だと思う人もいれば、パリやベルリンでのクリストファー・ストリート・デイのパレードにおけるサド・マゾ・プレイを倒錯的だと思う人もいる。若い女性にベール着用を強いる男性の視線を性的偏見だと思う人もいれば、女性にハイヒールを履かせ、体のいたるところを露出させる視線のほうを性的偏見だと思う人もいる。聖体という考え方を異常だと思う人もいれば、楽園に七十二人の乙女がいるという考え方のほうを異常だと思う人もいる。バイロイトに集うワーグナーファンを風変わりだと思う人もいれば、ミラントア・シュタディオンに集うFCザンクト・パウリのファンのほうを風変わりだと思う人もいる。有り得ない物語を信じているのはムスリムだけだと考える人は、ときにはキリスト教のミサや、インターネット上のチャットルームを覗いてみるといい。自分たちと似たような生き方や信念には、寛容は必要とされない。
もちろん、過激な原理主義や暴力に対しては、それがムスリムによるものであろうと、キリスト教徒によるものであろうと、適切な批判が必要だ。(反ユダヤ主義者や宗教的動機を持つ犯罪者はイスラム教徒のなかにしかいないと考える者は、聖ピオ十世会〔二〇〇八年、当時聖ピオ十世会の司教だったリチャード・ウィリアムソンがホロコーストを否定する発言をした〕や、妊娠中絶に反対する福音主義者などの例を直視すべきだ。)しかし、啓蒙主義と人種差別主義の違いは、告発されるのが差別的な行為や犯罪なのか、ひとつの民族全体なのかという点にある。啓蒙の遺産を脅かす危険となるのは、異なる信仰を持つ者ではなく、政治的または社会的な問題を、宗教的または民族的な問題へと捻じ曲げる教条主義者である。人種差別と外国人敵視もまた、狂信やテロリズムと同様、ヨーロッパ的理想の敵なのである。

啓蒙主義、世俗主義、寛容、個人の権利というヨーロッパの理想は、まさにそのヨーロッパにおいて、忘れ去られていく一方であるように思われる。現在、これらの理想が最も誠実に守られている場所は、ベルリンでもパリでもなく、テヘランだ。スカーフをかぶった若い女性たちが、宗教的原理主義を掲げる政府と闘っている。「アッラーフ・アクバル」——アッラーは偉大なり——と唱えながら、専制政治との闘いに命を懸ける若者たち。彼らこそは、啓蒙主義、人権、寛容、信仰の自由が、信仰者にも非信仰者にも、ムスリムにもキリスト教徒にも、ユダヤ人にも無神論者にも普遍的に通用するべきであることの証拠である。ヨーロッパに暮らす我々は、まさにそのことを、いま一度思い出さねばならない。

現代のイスラム敵視における二重の憎しみ

ムスリムに対する憎悪を表明するインターネット上の数々のフォーラムを見ていると、ときどきある男のことを思い出す。いまは身を引いているが、元はネオナチとして活動していた男で、何年も前にインタヴューをしたとき、かつて右翼のデモや行進へ向かう道すがら、よく「ユダヤ人のふりをした」と告白した。驚いて、それはいったいどういうことかと尋ねると、男はこう答えた。かつて反ユダヤ主義に凝り固まっていたころ、バス乗車中の時間つぶしとして、「典型的なユダヤ人」を演じて、同志たちを大いに楽しませたのだと。

それはどういう意味かとさらに訊くと、男は古い段ボール箱から、変装道具を取り出して見せた。捻じ曲がった巨大なゴム製の付け鼻、古めかしい丸眼鏡、黒い付け髭。男はこれらを使って、極右の人間が軽蔑の念とともに、いわゆる「ステレオタイプのユダヤ人」だと考える人間の姿に変装したのだ。男は、かつての自分の所業を思い出しながら、どこか恥ずかしそうに微笑んだ。そして、役者としての己の才能を自画自賛し、半分嬉しそうに、半分恥ずかしげに、これらの道具にさらに黒髪の鬘と黒くて長いマントを合わせた姿で、「子供たちを怖がらせに」いくこともあった、と語った。子供たちの心に、早いうちから「恐ろしいユダヤ人」の像を刻み付け、恐怖を植えつけるために。

最近の子供たちはユダヤ人とほとんど触れあったことがなく、それゆえ、「ユダヤ人によってもたらされる」いわゆる「危険」を知らずに育つ、というのが、男の悪意あるロジックだった。つまり、子供たちがユダヤ人に対する恐怖を感じていないならば、その恐怖を植えつけてやらねばならない、と男は考えたのだ。そして、本物のユダヤ人がそのための役に立たないならば、すなわち実際のユダヤ人がまったく人に恐怖を抱かせる存在ではないのならば、自ら「ユダヤ人のふりをし」て、この恐怖を植えつけねばならない、というわけだ。

要するに、こういうことだ。憎しみの対象が、憎しみや恐怖に値する行為に及ばないならば、それが憎しみと恐怖に値するよう、こちらから仕向けねばならない。対象がこちらの考えるとおりの存在でないならば、その存在を創り出さねばならない。場合によっては、こちらでその存在になりすまさねばならない。

この恐るべき話が表しているのは、特定の集団に向けられた憎しみや差別が、いかにその集団とそれを構成する人間たちとは無関係に機能し得るかという事実だ。こういった種類の憎しみは、具体的な根拠を必要としない。また、実在の人間やその人間の行為を理由として憎しみを正当化する必要もない。こういった憎しみは、憎しみ自体から生まれ、憎しみ自体に（そして他者に）作用するものなのだ。

現代社会におけるムスリムに対する差別も、これと似た構造を持っている。もちろん、敵の像を自ら構築するという点で、反ユダヤ主義と反イスラムが構造的に類似しているという指摘は、両者を同じものだとする主張とは違う。現代社会における反イスラムをユダヤ人に対する差別と内容的に同視することは、前例を見ないナチスの犯罪――ホロコースト――という歴史的事実を鑑みれば、いかなる場合にも許されるものではない。ここでの私の意図は、反ユダヤ主義を相対化することでも、一般化することでもなく、特定の集団に対する敵意に見られる、排斥とイメージの投影という構造的な類似性を分析することである。

現代社会のイスラム敵視においてもやはり特徴的なのは、イスラムに対する拒絶と差別が、その拒絶と差別の対象自体から切り離されている点だ。反イスラムの言説は、その言説の主体が特定の特徴や信念などを自ら創り出した、想像上のムスリムに向けられている。創り出されたこれらの特徴や信念は、ムスリムの実際の生活様式(1)や信念に関する現実の研究結果を前にしても、揺らぐことはない。それは、さまざまな異なるカテゴリーによって定義され、捏造された、「ムスリム」という漠然とした敵の像なのである。ムスリムを蔑視する人たちの目に映る「ムスリム」という集団が、宗教的な定義に基づくものか、文化的な定義に基づくものか、または民族的な定義に基づくものかは、時と場合によって変わる。宗教としてのイスラムと神学的な意味でのキリスト教との相違に対する蔑視もあれば、道徳的な価値が低いとされる宗教を信仰する人間に対する蔑視もあり、文化的に異質だととらえられる生活様式を持っているという、ムスリムの文化的な側面に対する蔑視もある。また、「ムスリム」という民族がいるという誤解に基づいた、その民族に対する蔑視もあれば、社会的階層としてのムスリム、すなわち社会的弱者に対する蔑視もある。イスラム的背景を持つテロリストに対する蔑視もある。まるでムスリムであることが、暴力の必要十分条件であるかのように。こういったさまざまな差別の形式に共通するのは、イスラムまたはムスリムには本質的に内在する特徴があり、その特徴が、イスラムまたはムスリムを、歴史を超えて不変の均一な主体たらしめるという考え方である。

イスラム敵視においては、宗教的または文化的なモティーフがたびたび入れ替わり、それらが分析の不正確さのせいで混同されるうえ、蔑視の対象もまた、外的に付与された特徴に従って、ときにイスラム、ときにムスリムというように変化するため、[2] こういった蔑視と差別の形式にはどのような呼称が適切かという問いをめぐる術語上の議論もまた、混迷している。「イスラムに対する敵意」「イス

(1) 言うまでもないことだが、「ムスリム」という集団を正確に定義することは、社会学的な意味で非常に難しい。

(2) Mario Peucker, Islamfeindlichkeit – die empirischen Grundlagen 参照。この文献は、以下の広範なテーマにわたる非常に優れた全集に収録されている。Thorsten Gerald Schneiders (Hrsg.), Islamfeindlichkeit. Wenn die Grenzen der Kritik verschwimmen, Wiesbaden 2009, S. 155.

ラム恐怖症」「アンチ・イスラム主義」「ムスリムに対する敵意」。

これらの各概念は、政治的に偏ったイデオロギーとしての過激化したイスラムに向けられた「アンチ・イスラム主義」を除けば、私にはすべて似通った呼称に思われる。なぜなら、反イスラム関連の議論においては、これらの呼称すべてが、特定の集団に対する敵意を表しており、互いが互いの前提となっているからだ。

ただ、ときおり、蔑視の修辞的戦略として、個々の呼称が区別されるに過ぎない。たとえば、ムスリムを、彼らが信仰するイスラム教という宗教を根拠に蔑視するのか、それとも民族的、文化的な属性とされるものを根拠に蔑視するのかによる区別である。だが、こういった差別のカテゴリーはすべて、憎しみの方向性を決定する道具として機能しているに過ぎない。(3)

そもそも、こういった蔑視の被害者にとっては、拒絶され、差別され、誹謗される体験と、社会的かつ法的な意味で日常生活を決定づける作られたイメージとが、宗教としての「イスラム」に向けられたものなのか、それとも信仰共同体としての「ムスリム」に向けられたものなのか、または彼らが同一視されているイスラムテロに向けられたものなのかなど、どうでもいいことだ。ジャン＝ポール・サルトルの有名な言葉「ユダヤ人とは、他者がユダヤ人だと見なす人間のことだ」(4)にならって、こう言うこともできるだろう。「ムスリムとは、他者がムスリムと見なす人間のことだ」――というのも、イスラム敵視の風潮は、ムスリム自身の自己像とはまったく無関係だからだ。ムスリムが自身をなぜ、どのような条件下でムスリムだと見なすのか、彼らが自身の歴史的伝統や現在の宗教的実践とどう批判的に向き合っているのかは、まったく考慮されない。上記のサルトルの言葉は、集団的アイデンティティの生成過程を指摘したものであって、その集団の属性を指摘したものではない。[5] 現代のムスリムにとっては、他者の認識——すなわち、歪められ、否定的な観点からのみ選別され、メディアによって拡散された、異質なものとしての「ムスリム」「イスラム」像——は、あまりに日常化してしまい、いまやムスリム自身のアイデンティティの一部にさえなっているほどだ。それは、ムスリムたちが突如、自分たちを不寛容で犯罪的で後進的だととらえるようになったからではなく、これらの押し付けられたイメージが突然「真実」になったからでもなく、彼らが他者からのそういった目線に対して絶えず対応を迫られるからであり、場合によっては、「異質な者」というイメージのせいで、職業実習や就職の口を得られなかったり、スカーフを着用しているせいでスイミングプールに入ることを拒否されたりするからである。[6]

（3） 以下の文献も参照。Mark Terkissidis, Die Banalität des Rassismus. Migranten zweiter Generation entwickeln eine neue Perspektive, Bielefeld 2004.

（4） Jean-Paul Sartre, Betrachtungen zur Judenfrage, in ders., Drei Essays, Berlin 1986, S. 143.

（5） 由来という観点からの集団的アイデンティティに関しては以下も参照。Carolin Emcke, Kollektive Identitäten. Sozialphilosophische Grundlagen, Frankfurt 2000.

（6） Hilal Sezgin, Kopftuchfrauen, in Süddeutsche Zeitung, 17. Dezember 2009 参照。

イスラム敵視のモティーフや常套句のなかには、何百年にもわたるヨーロッパ文学における歴史的なイスラム敵視を反復し、自覚的にであれ、無自覚にであれ、今日の言説に引用、再生したものも多いが、なかには、これまでのイスラム敵視とは異なる、現代社会に独自のモティーフも見られる。(7) これまでのイスラム敵視は、ほとんどの場合、宗教的な相違を強調し、イスラムを、キリスト教を土台に築かれたヨーロッパにとっての「他者」と位置付けるものだったのに対し、現代におけるイスラム敵視は、啓蒙の守護者の立場を取る。つまり、リベラルな権利と価値観の擁護者として、イスラムを、原理的に女性を蔑視する後進的で反現代的なものと断罪するのだ。ムスリムには、自由で多様な現代社会が不寛容として拒絶せざるを得ない特徴が押し付けられる。この現代のイスラム敵視の矛盾は、それが己の不寛容を常に寛容によって根拠づけている点にある。すなわち、己が文化的、宗教的多様性を否定する理由を、ムスリムが文化的、宗教的多様性を否定しているからだとするのだ。しかも、ムスリムはイスラムに属しているというそれだけの根拠で、文化的、宗教的多様性を否定していることになる。自身の宗教はそれ自体寛容なものだと主張する一方で、イスラムには不寛容のレッテルを貼り、啓蒙化された現代社会の名のもとに、否定せざるを得ないと決めつけるのである。

こういったイスラム敵視は、「イスラム」そのものを強制の宗教と定義し、宗教と政治的イデオロギーが一体化した「イスラム」という概念を不可変の内在的なものであるととらえ、「イスラム」文化はセクシュアリティを抑圧すると考える。それゆえ、イスラム敵視にとって、ある種のムスリムの存在は考えられない。ムスリムの同性愛者が、現代のイスラム論議において日の当たらない片隅に追いやられていることも、それで説明がつく。ムスリムの同性愛者という存在は、現代社会が作り上げたイスラム像に合致しないのだ。彼らと同様、滅多に認識されることがないのは、信仰厚いムスリムのフェミニスト、または信仰厚いムスリムでありながら、自身の宗教と伝統とを批判的に継承する人たちだ。

おそらくこれが、ヘッセン文化賞をめぐる論争において、なぜ作家のナヴィド・ケルマニが拒絶の対象となったのかの説明にもなるだろう〔二〇〇九年、ヘッセン文化賞の受賞者に選ばれたイラン系ドイツ人作家ナヴィド・ケルマニは、キリストの磔刑をモティーフにした絵についての記事を理由に、受賞を取り消された。同時受賞者に選ばれたレーマン枢機卿がケルマニを批判する手紙をヘッセン州知事に送ったためである。最終的にはケルマニの受賞が再び認められた〕。信仰厚いカトリック教徒であるレーマン枢機卿にとって耐えがたかったのは、ケルマニがイスラム教徒であったことではなかろうか。その意味で、ケルマニが十字架に対して基本的に否定的な意見を持っていると表明したとして、レーマン枢機卿が激昂したことは、救いようがないと同時に、典型的な反応でもある。レーマンは、直接こう語ったとしてもおかしくなかった。「ムスリムが賞をもらうことには賛成だ。だがそれは、そのムスリムがキリスト教徒である場合に限る」。

いったいレーマンはなにを期待していたのか？　ムスリムであるケルマニが、カトリックであるレーマンと同じように十字架を敬うことを？　十字架に反感を覚えるというケルマニの記事の、いった

（7）後に詳述する。

いなにが不寛容だというのか？　しかもケルマニは、その件に続いて、これまで書かれてきたなかでも最も心優しい表現で、十字架に親しもうという自らの気持ちを語ってさえいるのだ。ヘッセン文化賞をめぐるこの一件は、現代社会においてムスリム像がいかに歪められているかを示す典型的な例だ。世間に認知され、受け入れられるのは、特に信仰に厚くない、すなわち特にイスラム的ではないムスリムであり、彼らの信仰が、原則的にその信仰を攻撃していると解釈できる場合のみなのである。

現代のイスラム敵視とその論証のテクニックは多岐にわたる。“politically Incorrect”や“Akte Islam”といったウェブログと、そこに集うゲストたちのコメントを見れば、ムスリムがひとまとめに「くそモスレム」「ヤギとやるやつら」と呼ばれたり、イスラム教が皮肉をこめて「平和の宗教」と呼ばれたりしているのがわかる。だが、イスラム敵視は、もうとうに極右ポピュリスト政党や匿名のネット掲示板のみにおける現象ではなく、社会の多数を占める中道派市民のなかにも見られるようになっている。そういった場では、反ユダヤ的な言説はときに反シオニズムの立場の背後に隠されるのに対し、反イスラム的言説は、そのような修辞上の盾をもはや必要とはせず、ますます遠慮なく、多数派《メインストリーム》を形成するメディアの中核へと迫っている。

伝統的な大手メディアにおけるイスラム議論もまた、言葉遣いこそより慎重ではあるものの、やはり否定的な方向にひとまとめにしたイスラム像を創り出している。たとえば『シュピーゲル』紙は、すでに有名に（または悪名高く）なった見出し記事「メッカ・ドイツ——静かなイスラム化」のみならず、その他の記事でも、ドイツ全土にイスラムが浸透しているとして警鐘を鳴らしている。(8)「公の場でのイスラム議論を追っていると、たとえば「イスラム」「イスラム原理主義」「テロリズム」といった各概念を区別しようという試みは、何度も見られるが、ほとんどの場合、奇妙なことに、なんの結果も生まずに終わる印象を受ける(9)」

単数形での「ムスリム」は、もはや存在しないかに思われる。メディアが描き出すイメージのなかのムスリムはいまや、医師、舞台監督、作業員といった、社会における役割や職業や活動によって認知される個人としては、徐々に不可視の存在になりつつある。たとえばテレビでは、ムスリムのことを笑いの題材にすることができるムスリムのコメディアンや風刺画家、またはイスラムの問題点を論じることができるムスリムのイスラム批判者を除けば、ムスリムは滅多に登場することがない。メディアの議論は、ムスリムを常に集団としてとらえる。そしてその集団に、軽蔑的な含みをもった特徴を付与する。たとえば「過激な」ムスリム、「犯罪的な」ムスリムといったように。

ムスリムという集団内部の個々の相違が往々にして顧みられないのと同様、ひとりの人間とその履歴が持つさまざまなアイデンティティや帰属先も、やはり顧みられることがない。「私はムスリムだ」と、作家のナヴィド・ケルマニは書く。「この言葉は真実である。だが同時に、こう言うことで、私

（8） Der Spiegel, 26. März 2003.
（9） Heiner Bielefeld, Das Islambild in Deutschland, in: Thorsten Gerald Schneiders (Hrsg.), Islamfeindlichkeit, S. 175.

は、私という人間のほかの無数の側面を消し去ってしまう。（…）私の行動のすべてが、私の信じる宗教に関連付けられるわけではない[10]」

しかし、世間一般の議論においては、イスラムとイスラム原理主義、信仰と狂信、宗教性と不寛容、個人と集団が区別されないために、個々のムスリムが、信じてもいないスーラや、知りもしない正統派の教条主義者に対する責任を問われる。暴力的なテロを否定する人たちも、そのテロに責任があるとされ、残虐な政権が支配する国々から逃げてきた人たちも、その政権に対する責任を負わされる[11]。「ムスリム」は集団として、全体で責任を負わされ、彼ら自身、または彼らの宗教には、歴史的に不変とされる特徴が付与されるのである。

現代のイスラム敵視を考察する際、もうひとつの観点がある。そこでは、冒頭に登場した元極右活動家の男の話が参考になるだろう。ユダヤ人がいかに不気味で脅威的な存在かを、子供たちにまずは「教えて」やらねばならないと信じる反ユダヤ主義者の話だ。子供たちに「教えて」やらねばならない理由は、彼らがもはや自ら学ぶことがないからであり、彼らに恐怖を抱かせる人間がもはやいないからであり、非ユダヤ人である多数派の市民もまた、ユダヤ人の脅威を伝えることをしないからだ、という話だ。だがこの男の話は、もうひとつ別の現象をも示している。特定の集団に向けられた憎しみが、どのようにして倍増するか。憎しみの流れがどのようにしてふたつの方向に分かれ、少数派への憎しみに、その少数派を許容する多数派への拒絶が合流するか。

こうして、特定の集団または少数派に対してのみならず、それらの少数派の脅威を過小評価する社会の多数派のナイーブさに対しても、警鐘が鳴らされることになる。

この構図にもまた、現代社会のイスラム敵視との共通点が見られる。イスラムへの攻撃もやはり、ムスリムが原因とされる危険を認識しようとしない社会の多数派への非難と切り離されては存在しないからだ。その意味でイスラム敵視は、決してねつ造された敵——イスラム——に対してのみ向けられているのではなく、イスラムを敵と見なさない人間に対しても向けられているのである。

これは、現代社会のイスラム敵視を考察する際に見逃されがちな観点だが、実際には反イスラム言説の戦術や論点において、ますます大きな役割を占めるようになってきている。ムスリムに対する攻撃には、ほとんど常に、「あまりに寛容」で、「リベラルの意味を取り違えた」「ナイーブな」非イスラム社会に対する攻撃が付随する。ムスリムへの蔑視は、ムスリムを差別から守ろうとする非ムスリムへの蔑視と結びついている。彼らは「洗脳された善人」や「テロの味方」などと呼ばれ、十把一絡げに誹謗される。あたかもそれが、「己の人種と階級に対する裏切り」という特別重い罪であるかの

（10） Navid Kermani, Wer ist wir? Deutschland und seine Muslime, München 2009, S. 17.
（11） 本書の「リベラルな人種差別」も参照。

ように。

少数派のムスリムと、イスラムの危険を過小評価する多数派の非ムスリム双方へ向けられた、現代のイスラム敵視におけるこの二重の戦術は、非常に洗練されたものだ。というのも、反イスラムの言説が、リベラルで寛容で啓蒙主義的なふりをする限り、その言説に取り込まれずにいるのは難しいからだ。現代社会と啓蒙主義のリベラルな代弁者と見られたくない者などいるだろうか。ナイーブで文化相対主義的で反グローバルな人間だという批判を受けたい者などいるだろうか。抑圧的で暴力的な構造またはイデオロギーの共犯者だと見なされたい者などいるだろうか。自身が（もはや）信じてもいない信仰に対する連帯感を表明したい者などいるだろうか。

この二重の戦術においてさらに特筆すべきなのは、こういった反イスラム言説が、好んで正当な「イスラム批判」であると主張され、それによって常に、タブーを破るという大義名分が成り立つことである。それゆえ、イスラム敵視の言説に対する批判は、即座に、理性的で必然的なイスラム批判に対する検閲だとして、非難されることになる。反イスラム言説は常に、自由と法秩序を守りたいだけの単なる懸念だと主張され、その差別的で中傷的な一般化と偏見に対する批判はすべて逆に一般化され、親イスラム、善人面、マルチカルチャー妄想だとして退けられる。

「イスラム批判者」の戦術のなかには、「政治的に正しいながらも孤独な戦士」、「大多数の市民がめくらましをされている親イスラム社会に対するリベラルな抵抗者」という自己像の演出も含まれる。この演出は、現実を奇妙に歪曲したものだ。たとえば〈ヨーロピアン・モニタリング・センター・オン・レイシズム〉の（二〇〇二年から二〇〇六年の）報告[12]によれば、ヨーロッパのあらゆる国で反イスラムの傾向が確認されているが、こういった事実は「イスラム批判者」たちには無視される。また、ムスリムの移民が労働市場と教育環境において受けている不利な扱い[13]のことも、まったく考慮されない。ヨーロッパ社会において反イスラムの風潮が広がりつつあることが証明されているというのに、「イスラム批判者」たちは、そのヨーロッパ社会を親イスラム的だと批判するのである。反イスラムの出版物では、ムスリムによる暴力のあらゆる証拠が集められ、公表されるが、イスラム以外の集団や人間による暴力の数との統計的な比較は決してなされない。こうして、「イスラム批判者」自身のルサンチマンが、犯罪に対する合理的な懸念だと主張されるのである。以上を第一歩だとすれば、第二歩は、非イスラムである社会の多数派が、暴力的で反近代的なムスリムを前にして自身の価値観と法とをないがしろにしているという批判である。

現代のイスラム敵視におけるこの二重の戦術をよく見極めることが重要なのは、その敵視がムスリ

(12) EUMC, Muslims in the European Union. Discrimination and Islamophobia, Wien 2006.

(13) Konsortium Bildungsberichterstattung (Hrsg.), Bildung in Deutschland. Ein indikatorengestützter Bericht mit einer Analyse zu Bildung und Migration, Bielefeld 2006.

ムのみならず、自己決定権、信仰の自由、啓蒙といったリベラルな価値観のもとで、ムスリムを文化的、宗教的差別から守りたいと思う非ムスリムをも害するからである。ムスリムを差別から守ることを可能にするには、非リベラルな「イスラム批判者」が敵に非リベラルのレッテルを貼るという戦略的な罠を、避けなければならない。[14]

適切な批判と不適切な批判との区別、啓蒙とイスラム敵視との区別は、批判の対象が差別的な行為や犯罪的な行為それ自体なのか、それとも特定の集団全体なのかという点にある。その意味で、イスラム敵視に対抗するには、その非リベラルな行為や信念、憲法に反するイデオロギーそれ自体を批判するしかない。その行為の主体がムスリムであろうと、無神論者であろうと、キリスト教徒であろうと関係なしに。イスラム敵視に対抗するには、女性蔑視、人種差別、同性愛者差別などを、それがどこで起きようと、差別する主体が誰であろうと、制限なしに批判していくしかない。

これがひとつ。

そしてもうひとつ、イスラム敵視に対抗するには、自分の信じる宗教とは別の宗教に対しても、信仰の自由を認めねばならない。自身が親しみを感じる生活様式や信念とは別の生活様式や信念も、許容せねばならない。そして誰もに自己決定権が認められねばならない。家族の伝統や信仰に背こうとするムスリムの少女の自己決定権と同様に、家族の信仰を自身のものとし、実践していこうとするムスリムの少女の自己決定権もまた、認められねばならない。そして、ムスリムの生き方とムスリム個々人の人生の多様性が、非ムスリムであるドイツ人の生き方の多様性と同様に、当然のものとして受け止められ、発信されねばならないのだ。

（14）または、その宗教、出自、セクシュアリティなど、いわゆる「異質性」を理由に、多数派とは「異なる」存在だとみなされる、別の宗教の信者や別の集団。

故郷

——空想上の祖国

自分が「故郷」というテーマで話をする日が来ようとは、夢にも思いませんでした。子供のころから、「故郷」という概念に、私は戦慄を覚えてきました。「故郷」という言葉のみならず、その言葉を使う人たちにも、そして、私もまた「故郷」に対する愛情を持つべきだという彼らの期待にも。

私はドイツ国歌を歌ったことがないし、これからも歌うことはないでしょう。ドイツ国旗を振ったこともないし、これからも振ることはないでしょう。国歌の歌詞にもそのメッセージにも、国旗とその色にも、罪がないことはわかっています――それでもなお、居心地の悪さを感じるのです。そして、「故郷」「祖国」「愛国心」「ドイツに対する誇り」といった概念に対しても同様です。ここ数年で、これらの概念を持つべきだ、持たないのは病のしるしだ、持つのが当然のことだ、と、ますます強く言われることが増えました。

本題に入る前に、まずは私と「故郷」という概念との不幸な関係について、少しお話ししようと思います。非常に個人的な話になりますが、お許しください。

とはいえ、私がここで語りたいのは、「故郷」という概念に対する私の特異な違和感についてではなく、「故郷」についてどのように語るべきかというひとつのテーゼについてです。すなわち、故郷というのは個人が、私的に、ためらいがちに語るべきものであって、決して集団で、イデオロギー的に、なんの躊躇もなく語るべきものではないと、私は思うのです。

私の両親は、ふたつの異なる大陸にあるふたつの異なる国で育ちました。父はドイツで、母はアルゼンチンで。ふたりにはドイツ語という共通言語がありましたが、決して同じ言葉を話してはいませんでした。ふたりが育った環境は、匂いも、音も、料理の味も違っていました。そしてなにより、戦争がふたりを隔てていました。アルゼンチンで育った母は、戦争を経験しなかったからです。

母にとってのラジオは、喜びをもたらす機械でした。バッハやマーラーを聴くことができるからです。父にとってのラジオは、恐怖をもたらす機械でした。私の祖父が、ラジオでいわゆる「敵性放送」を聴いていたため、スイッチを切る前には目盛りをずらして、もしかしたらナチス信奉者かもしれない隣人が訪ねてきた場合にも、なにを聴いていたのかわからないようにする必要があったからです。

母の母語はドイツ語でした。母の家族は、一九三〇年代にアルゼンチンに移住した移民で、第二次世界大戦の終結からずいぶんたって、ドイツに戻ってきました。母の実家は、家で音楽を演奏し、大晦日には鉛占い〔溶けた鉛を水に注いで、固まった形から運勢を占う風習。伝統的にドイツの家庭で行われる〕をする家庭でした。おそらく家族の誕生日にはパウンドケーキを焼いたのではないかと思います。

母は、他界する前の数週間、徐々に記憶が混乱し、まずは時間を、それから名前や人物を取り違えるようになりました。そして、ときどき言葉が思い出せなくなりました。さまざまな概念が頭から飛んでしまうのです。動詞も、形容詞も。ところが、アルゼンチンで使っていたスペイン語に切り替えると――母はアルゼンチンで育ったとはいえ、アルゼンチン人ではなかったのですが――、完璧に話すことができました。スペイン語は、母が習った最初の言語ではありません。家族の言語でも、両親の言語でもありません。それでもスペイン語は、母が人生の最後の時間に、苦もなく理解し、話すことのできる言語だったのです。

そういうわけで、そのころ、私たちはずっとスペイン語で話をしていました。ドイツ語を使うのは、旧約聖書の物語や、リルケの詩や、サッカーの試合を報じる新聞記事などを、私が母に読んで聞かせるときだけでした。

母の「故郷」はどこだったのでしょう?

どう思われますか？

さて、「故郷」というテーマで最初に語りたいのは、「故郷」とは私たちが考えるよりも不確かで疑わしいものだということです。

私の「故郷」はどこでしょう？

この問いの持つ純粋に個人的な側面は、私の感情をいまだに波立たせます。

子供のころから、今日にいたるまで、私はクラシック音楽を熱愛しています。子供時代にはもう、英雄と崇める音楽家がいました。ヴァイオリニストのアイザック・スターンです。私は、子供時代を過ごした町を訪れた多くの音楽家の演奏会へ行く機会に恵まれました。そして、いつかアイザック・スターンの演奏をコンサートホールで聴いてみたいと願っていました。

ですが、それが決してかなわない願いであることを、両親は私に言って聞かせねばなりませんでした。アイザック・スターンは、ホロコーストが理由で、二度とドイツの聴衆のためにドイツのコンサートホールで演奏はしないと決めたのだと。

両親は、スターンのその決断は正しく、彼がドイツで演奏しないのも仕方がないのだと、私に教えました。それは、私のドイツ人としてのアイデンティティに決定的な影響を及ぼす事実でした。アイザック・スターンを愛しながらも、彼が私のために演奏することは決してないのだと受け入れる——本当に、心の底から納得して受け入れる——ことは。

外国に行くたびに、世界中の大都市に到着するたびに、私は必ず最初にコンサートのプログラムを調べて、いつの日かアイザック・スターンの演奏を聴けるのではないかと夢見続けました。ですが、その夢はかなうことのないまま、スターンは最近、亡くなりました。生前にスターンはなんとドイツを——私の記憶が間違っていなければ、ケルンを——もう一度訪れ、学生たちに指導し、学生たちの演奏に耳を傾けました。けれど、自身のコンサートを開くことはありませんでした。

それでいいと思います。

本当に、それでいいと思っています。こんな話をしたからといって、憤っているわけでも、意気消沈しているわけでもありません。夢がかなわなかったことに、そこまで深く傷ついているわけでもありません。けれど、「故郷」というテーマで話をしてくれないかと打診されたとき、私と私の育った国との関係を表す最も深い比喩として、このエピソードが浮かびました。

「故郷」とは、あなたの故郷はどこですかと訊かれて、公の場で答える性格のものではありません。ということで、ここからはあまり個人的でないテーマに移ります。

政治的な意味で話す場合や、なにも考えずに答える場合、「故郷」として私たちはなんらかの場所の名前を挙げます。「故郷」はドイツだ、とか、ベルリンだ、と言うわけです。そのうえで、私たちをその「故郷」や「故郷への愛」と結びつけるように思われる要素を挙げることもあるでしょう。そういった要素は、常に同じです。たとえば、ドイツ語、バッハとベートーベン、ゲーテとシラー、ライン川またはエルベ川、黒パン、サッカーのナショナルチーム、ブランデンブルク門……

でも、果たして本当にそうでしょうか？

ほんとうにそれが、私たちの「故郷」なのでしょうか？　なぜ私たちは、そこが故郷だと感じるのでしょうか？

いったいその場所や要素のなにが、私たちに慣れ親しんだ、なつかしい感情をもたらすのでしょうか？　自分はここに属している、という感情を。

私たちにそんな感情をもたらすのは、本当にブランデンブルク門そのものなのでしょうか？　むしろ、何年も昔に、ブランデンブルク門の右の柱の下でした長いキスなのではないでしょうか？　または、ブランデンブルク門を徒歩や自転車でくぐるたびに、いまだに湧きあがってくる、門をくぐれることへの喜びではないでしょうか？〔一九八九年まで、ブランデンブルク門の正面に東西ベルリンを隔てるいわ

私たちにそんな感情をもたらすのは、本当に黒パンそのものなのでしょうか？ むしろ、私の祖母が、毎朝、「引くのよ、押すんじゃなくて」という（実人生にもあてはまる）素晴らしい言葉とともに切り取ってくれた、分厚い黒パンなのではないでしょうか？ そして、私がニューヨークのロウアー・イーストサイドにあるドイツ系ユダヤ人のパン屋で黒パンを買うときに思い出す、最愛の祖母のこういった言葉や思い出なのではないでしょうか？

私たちにそんな感情をもたらすのは、本当にライン川そのものなのでしょうか？ むしろ、ライン川がどこで湾曲するか、水がそれほどの速さで流れるかといった、知り尽くした事実なのではないでしょうか？ そして、ライン川のことを考えた瞬間、自分でも気づきさえしないうちにすでに頭に浮かんでいる、ハイネの詩なのではないでしょうか？

アメリカの社会学者ラッセル・ハーディンはかつて、「故郷」とは「我が家という認識論的な慰め」のことだと語りました。

すなわち、故郷とは場所のことでも、言葉のことでも、物や儀式のことでもないのです。「故郷」とは、私たちになじみの物語のことであり、物や場所が私たちのなかに呼び起こす感情のことであり、物や場所と結びついた思い出のことなのです。私たちのなかになつかしさとやすらぎとを呼び起こすのは、こういった知識や体験なのです。そして、身に沁みついた恥の感情もまた、なつかしい幸せな感情と同様、そういった知識や体験の一部であり得るでしょう。

パレスチナ人やセルビア人にとってはきっと、敗北や孤独や悲しみの感情もまた、故郷への気持ちの一部でしょう。同様に、私にとっては、恥と罪とが――ほかの多くの感情とともに――故郷への気持ちの一部です。

もし故郷というものが、私たちが記憶し、創り出す物語や空想のなかにあるのだとしたら、それは、さまざまに語られる「故郷」というものよりもずっと風通しがよく、ダイナミックで、生き生きとしたものであるはずです。ひとつの社会やひとつの国にとらわれたものではなく、むしろ広がっていくことが可能なものであるはずです。

私の子供時代の一部は、旧約聖書の物語から成り立っています。私は、リオン・フォイヒトヴァンガーやヘルマン・ヘッセや音楽と並んで、聖書の物語とともに育ちました。聖書に出てくる人物たちと、彼らの体験、彼らの運命のみならず、言葉のリズムもまた、私にとっては同時代を生きる仲間でした。彼らは宗教上の偶像でもなければ、文学作品上の登場人物でもなく、亡くなった大伯母たちと同様、家族の一員であり、普段からよく話題に上る友達でした。

初めてイラクを訪れたときのことです。ある日、緑色の泥水が流れる川のほとりに立ちました。そこは、私が生まれてから一度も立ったことのない場所でしたが、それでも私は、ついに家に帰ってきたという感覚を抱いたのです。その川はユーフラテス川でした。戦争の真っただ中で、私は、どれほど危険であろうと、どうしてもモスルへ行くと決意していました。ニネヴェの町の古い門を見たかったからです。アブラハムの旅の出発点ウルも、現在のイラクにあります。

私にとって、それまで一度も訪れたことのなかった国であるイラクは、異国だったでしょうか？

いいえ。

先週、私はアルバニアにいました。コソヴォとの国境近くで、数人の地雷探索者に同行していました。戦争が終わって十年たったいまでも、草地を一センチ単位で測り、隠された死の危険、すなわち地雷を探している人々です。場所は山のなかで、あたり一帯は霧に包まれていました。杉の木が丘を覆っていました。そこは、私がそれまで一度も訪れたことのない場所でした。すべては静まり返っており、全員が息を詰めて、爆薬と地雷を探していたときのことです。突然、静寂のなかにカッコウの声が響きました。私は思わず飛び上がりました。そして、恐れおののいて、地雷を探している男たちのほうを見ました。男たちも私を見ていました。

カッコウは、私たちの神話と言い伝えの世界では、死を告げる鳥です。私は、自分が震えあがった理由を、彼らにどう説明していいのかわかりませんでした。ところが、驚いたことに、彼らもまた、カッコウを恐れていると話してくれたのです。カッコウは死を告げる鳥なのだと。彼らは私と同じことを連想しました。私と同じ物語を知っていました。私と同じ迷信を抱いていました——そして、私たちのあいだには、それまでにはなかった親密さが生まれたのです。

さて、「故郷」とはいったいなんでしょう?

故郷とは、私たちが記憶し、創り出す物語です。私たちにとって心地よい、または居心地の悪い物語、私たちを喜ばせる、または怖がらせる物語、私たちが語り継ぎ、新たに語りなおす物語、移民や旅行者によって補完される物語です。移民や旅行者もまた、物語の一部です。彼らの物語が私たちの物語に結びつき、私たちの物語もまた、彼らの物語に結びつくからです。故郷とは、さまざまな空想や連想、詩のフレーズや歌です。ひとつの場所以上のものなのです。ほかの人々の物語と混ざり合い、世代や社会を経て変遷していくものです。もともとの話が少しずつ脱線していく「伝言ゲーム」という子供の遊びのように、私たちもまた、なにかを手放し、なにかを新たに付け足しつつ、物語から生きる力をもらうのです。

このような故郷の概念は、もしかしたら、私たちが望むよりもずっと疑わしく不確かなものに思われるかもしれません。けれどそれは、ほかの場所やほかの人々に対してより開かれた概念です。ほかの人々とも、分かち合うことのできる概念です。そうなれば、彼らは我々にとってより親しい、より信頼できる人たちとなるでしょう。

それを踏まえたうえで、私が想像するこの社会とはどんなものでしょうか。私が育った国、旅のためにしょっちゅう留守にしては、新たな別の物語を持ち帰るこの国は、どうやったら「故郷」と呼べるものになるのでしょうか。そのために、私はこの国にどうあってもらいたいと思っているのでしょうか。

音楽をたとえに使うならば、私はドイツという国に、ヨハン・ゼバスティアン・バッハの「フーガの技法」のようであってほしいと思います。

ひとつの曲、ひとつの楽譜でありながら、未完のままであり、最後まで書かれることのなかった「フーガの技法」。あるのはただ、さまざまな可能性に対して開かれた楽譜のみです。

それだけではありません。曲をどうアレンジするかについて、バッハ自身の指示はひとつもないのです。誰がどの楽器を使ってこの曲を演奏すべきかという指示もありません。

つまり、その意味では、この曲の正しい響き、完璧な解釈といったものは存在しないのです。弦楽四重奏による「フーガの技法」もあれば、小さな室内楽団による「フーガの技法」もあります。どちらもまったく違った響きなのに、それでもどちらも「フーガの技法」の響きなのです。

私がドイツという国に望むのも、同じことです。「フーガの技法」のように、原型はあります。映像や物語、空想や本、音楽、そして憲法から成り立つ楽譜があります。

けれど、それは最後まで書かれてはいない楽譜です。私たちはそれを演奏することもできるし、書き足すこともできます。そして、誰が演奏するのか、曲がどう響くべきかといった指示はありません。さまざまな可能性に対して開かれた音楽なのですから。

それこそが、私の「故郷」です。

そんな場所ならば、「故郷」という言葉に値すると思います。

民主主義という挑戦

ハンナ・アーレントの言葉に、こんなものがあります。「我々が複数で存在する限り――すなわち、我々がこの世界で生き、動き、行動する限り、意味があるのは、我々が互いに、そして我々自身と話す内容、そして、話すことで生まれる意味のみだ」

すなわち、私たちがこの世界で生き、動き、行動しようと思うのならば、そして民主主義に意義を持たせたいのならば、私たちは、民主主義とはなにを意味するのか、民主主義の本質とはなんであり得るのか、なんであるべきかを、互いに話し合わねばなりません。なにより、民主主義が、我々が生きる多元性を承認するのみならず、それを絶えず新たに作り直すことができるように。

ヨーロッパの伝統において、民主主義とは「国民主権」「国民自治」という共和制の核を成す意味を持っています。すなわち、法を作成する者と法の適用を受ける者とが、同じ市民であり、同じ社会であるという意味です。

国民自治とは、別の言い方をすれば、政治的、生態学的、経済的、社会的決定の適用を受ける者は全員、その決定の過程に――直接であれ、代表者を通してであれ――参加するという意味です。

現在、上記の定義は明らかに機能していません。危機にあるヨーロッパのみならず、世界中で、グローバル化のこの時代に、政治的、経済的、生態学的決定または出来事の過程に参加する人より、それらの影響を受ける人のほうが、はるかに多くなっているのです。政治的、経済的、生態学的な法を決定することができる人間が少なくなると同時に、そういった決定の適用を受ける人間の数は増えました。(これは、単に国民国家の時代は終わったと主張することとは、また別の話です。)

そう、グローバル化の時代における「人間の条件」の特徴を挙げるとすれば、こういうものでしょう――自身の存在を決定づけ、損ねる可能性のある法とプロセスへの平等な参加なしに、互いを傷つけあうこと。

意志と表象としての世界を投機によって消滅させ、未来の何世代もを負債で身動きがとれない状態に陥れる、シュールリアルとしか呼べない金融政策であれ、土地や地域をまるまる貧困化する農産物の先物取引であれ、昨今では――それがはるか遠くの出来事であり、民主化やいわゆる「ネイション・ビルディング」のためだということになっている限り、そして、殺人や拷問または拷問の命令が、静かに進行している限り――ほかに選択の余地のない人道的な行為だと主張されるようになった軍事介入であれ、決定を下す人たちと、決定の適用を受ける人たちは同じではないし、前者が後者を代表しているわけでもありません。

昨今の私たちが体験しているのは、単なる晩期資本主義の正当性の危機ではありません。グローバル資本主義の時代における民主主義の正当性の危機なのです。民主的な意思決定プロセスと、代表者の決定の正当性を保証するために民主主義社会で必要とされる議論は、崩壊しつつあるように見えます。

法を作る者と法の適用を受ける者、決定を下す者と決定の影響を受ける者のあいだの不均衡は、単にポスト民主主義的なだけでなく、非民主主義的であり、不適切です。

今日は「我々の民主主義への挑戦」というテーマで話すことになっていますので、こういった基準の不均衡について、その不均衡をもたらす排除のメカニズムについて、語りたいと思います。そして、もし可能なら、この排除のメカニズムとどう向き合っていくべきなのか、少なくともひとつの答えを導き出したいと思っています。

あらかじめお断りしておくと、私の答えは、非常にささやかなものになるでしょう。もしかしたら、ほとんど無意味にさえ見えるかもしれません。強大な排除のテクニックの前には、あまりに静かで、あまりに文学的に思われるかもしれません。けれど、それが私が見出すことのできる唯一の答えなのです。

私の見方によれば、排除のメカニズムには次の四つの形式があります。

一　政治的、法的な排除の形式

法や規範による排除から成り立つメカニズムのことです。特定の人に対して、権力ある地位を得る可能性、教育の可能性、各国の領土へ立ち入る権利、生存に必要な財産を築く可能性などが拒否され、または制限されるのです。こうして、法律によって、または実践によって、特定の少数派の子孫が排除されることになります。そして、社会的、民族的、宗教的多数派が自身と自身の地位とを再生産していくのです。

二　審美的、視覚的な排除の形式

このメカニズムは、ふたつの対照的な方法によって機能します。まずひとつは、対象を「不可視化する」ことです。特定の人または集団を、目に見えない存在にするのです。要するに、彼らは視覚的に存在しないことになります。ジャーナリズムの分野にも、ドラマや映画やビデオなど創作の分野にも、さらには玩具の分野にも、彼らは登場しません。視覚的に軽視され、排除され、忘却されます。

たとえば、ドイツのテレビ番組で、吃音者を見る機会がどれほどあるでしょう？　ドイツの玩具店で、黒い肌の人形を見つけることは、たやすいことでしょうか？　それと同時に、逆の排除のテクニックもまた存在します。すなわち、「異質なものとして可視化する」ことです。視覚的に歪曲したり、自分たちとは違う存在へと収斂させるのです。たとえば、男女を問わずムスリムは頻繁に、視覚的に特定のタイプに還元されます。ムスリムに限らず、少数派は一般的に、特定のイメージを喚起する、特定の役割分担を持った定型としてしか表現されないことが多々あります。シンティやロマの一族は、「異質なものとしての可視化」の悲しい一例です。ロマは視覚的に（そして言語的にも）ヨーロッパにおける他者として創り上げられてきました。彼らは非常に特異なやりかたで、一方では根無し草、放浪者、決して定住をしない人間という存在に還元されてきました。そこには、忠誠心がない、法を尊重しない、犯罪者である、という連想が付随します。ところが他方では、魅惑的で音楽の才能にあふれたエロティックな存在として誇張された（女性）像が創られてきました。これは、少なくとも前者と同じくらい不穏な連想を呼び起こす像です(1)。

こういった視覚的、審美的なレベルでの二重の排除は、軽視されがちです。人種差別と性差別とは、ほとんどの場合、差別の一形式として、すなわち、特定の人々を貶め、彼らに不利益をもたらすものとして議論の対象になります。しかし、やはり人種差別、性差別である排除の形式が議論の対象になることは稀です。

三　言葉による排除のメカニズム

映像や画像を通した審美的な排除のメカニズムが存在するのと同様に、特定の集団や特定の環境を排除する言葉のテクニックもまた存在します。そのひとつの例が、専門家の使う言葉です。ごく少数の「内部」の人間にしか理解することも使用することもできず、それゆえにほかのすべての人間を排除する、技術的、学術的、法的、医学的、経済学的な言葉。また、語りの構造もまた、言葉による排除のメカニズムのひとつです。たとえば、少数派に属する人間を完全に存在しないものとして扱ったり、または単に集団としてひとまとめに扱う物語。そういった物語のなかでは、個人に集団の特徴が当てはめられがちです。言葉による排除のメカニズムには、特定の概念に否定的な含意を持たせたり、搾取、奴隷化、侮蔑といった印象に溢れた物語を引き合いに出し、それらの印象をさらに喚起する、多数派、支配層による言説も含まれます。こういった言葉による排除の形式は、頻繁に特定の言葉を特定の概念に結びつけます。スカーフ—抑圧、ムスリム—イスラム原理主義者—暴力、家族—男女から成る夫婦と子供……こうして異性愛者を規範とした語りや、植民地主義的な不平等が、言葉によって続いていくことになります。

四　行為や習慣

一見したところ無害な慣習や儀式が、現実には排除のメカニズムを意味する場合があります。たとえば、採用面接の際、応募者を昼食の席に招待し、そこで魚料理を食べさせること。そうすれば、魚

（1）　以下の文献も参照。Klaus-Michael Bogdal, Europa erfindet die Zigeuner, Berlin 2011.

をきれいに切り分けて食べることのできない、低階層の家庭出身の応募者を排除することができるのです。または、私自身の働くマスコミ業界における通俗的な例を挙げると、夜に開催される飲み会もそのひとつです。飲み会は、一見、誰もが参加できる社交的な集まりに見え、特にやっかいなことに、仲間どうしの絆を深めるという大義名分まであります。ですが、結局のところは、お酒を飲めない人（ほとんどの場合は女性）を排除するものです。こういった慣習はいたるところに無数にあり、それらの根底にもともとはあったはずのイデオロギーは、いまでは想像することさえできなくなっているのです。世俗主義を標榜するはずの国家において、法廷や国会の場で聖書に手を当てて誓いを立てることは、無神論者やムスリムを排除する習慣です。または、仕事の会議や打ち合わせが、あたかも偶然であるかのように、子供の面倒を見なければならない人たちが参加できない遅い時間に設定されることもあります。環境サミットやG8サミットまで含めた国際会議においてさえ、構造的に特定の人を排除するメカニズムとなっている慣習があります。

私は長いあいだ、第一の排除のメカニズムに集中すればじゅうぶんだと考えていました。主体の権利、政治的自治、絶対的な平等という規範が、我々の社会にどこまで浸透しているかを確認し、場合によっては是正していけばじゅうぶんだと。

ですが、時とともに明らかになってきたのは、先ほど挙げた排除のメカニズムのすべてが、必ずしも意図的なものではないことです。排除のメカニズムというのは、常に政治的な意図や、他者を差別する目的と結びついているわけではなく、多くの場合、単に我々自身のイデオロギーの死角で起きるにすぎず、それゆえに、静かに繰り返されているのです。

基準を基準として意識するのは、ほとんどの場合、その基準に当てはまらない人です。白い肌を持つ人は、肌の色による区分になど意味はないと考えます。なぜなら、ヨーロッパに暮らす白人の生活においては、肌の色は重要ではないからです。異性愛者は、性的指向による区分になど意味はないと考えます。なぜなら、異性愛者の生活においては、自身の性的指向は重要ではないからです。自身の身体に違和感を持たない人は、性別を当然のものととらえます。なぜなら、自身の身体に疑念を持ったことがないからです。(2)

基準など本当にあるのだろうかと疑う贅沢が許されるのは、基準に当てはまる人のみです。

さて、民主主義の挑戦の本質は、どこにあるのでしょうか。法を作る者と法の適用を受ける者とのあいだの基準の不均衡を、どう解消すればいいのでしょうか？　崩壊したように見える民主主義的意思決定プロセスを、どう再生させればいいのでしょうか？　人民主権の概念を政治システムに組み入れるプロセスを、どう排除のメカニズムから解放すればいいのでしょうか？

(2)　以下の文献も参照。Carolin Emcke, Wie wir begehren, Frankfurt 2013, S. 21f.

私の答えは、「翻訳によって」です！

あまりにささやかな答えに見えるかもしれません。ですが、私にはこれが、いま挙げたすべての排除の形式を打倒するための、最も強力な答えに思われます。

私たちは、基準を応用へと翻訳しなければなりません。概念を経験へと翻訳しなければなりません。技術分野や経済政策分野の専門用語を、私たちの日常生活にどんな影響が出るかという点ではっきりした関連性と作用の見える物語へと翻訳せねばなりません。「我々」は均一であり、「他者」は「我々」とは異なっている、という呪いを、「皆が似ている」へと翻訳せねばなりません。ただひとつの真正なものがある、という神話を、多くの声へと翻訳しなければなりません。個人としても集団としても、私たちが育つ過程でともにあった物語や像を、ほかの人たちにも理解できる物語や像へと翻訳しなければなりません。

こういった翻訳は、どのような響きを持つでしょう？

ヨハン・ゼバスティアン・バッハの「ヨハネ受難曲」における「これを裂くのはやめよう」という合唱と、アフリカの国ガボンで「オバンバ」という言語で歌われる、埋葬と葬儀の際の伝統的な歌「サカンダ」とが混ざり合ったような響きでしょう。

なぜここで音楽を例に取るのかといえば、まず、この混交のプロセスが――ひとつの伝統に別の伝統を取り入れること、カノン形式の文学である音楽とひとつの儀式または理念とが互いに高め合うことが――グローバル化の意味するところでもあるからです。すなわち、雑種化、多義性、多言語性です！　さらに、この多言語性のなかには、さまざまな動機や感情を解釈し、翻訳することも含まれているからです。つまり、「ヨハネ受難曲」における、イエスの着衣をどう分けるかというローマ兵たちの計算や、「サカンダ」における葬儀の際の感情は、多言語性の一部なのです。

「民主主義の建設現場」において基準の変更を成し遂げようと思うならば、より大きな自由と平等を勝ち取ろうと思うのならば、またはそれ以前に、市民として、当事者として認知されたいのに、これまではそう認識されてこなかった（なぜなら、南国に暮らしているから、黒人だから、トランスセクシャルだから、聾者だから、ユダヤ人だから、精神的または肉体的な病を抱えているから、貧しいから、なんらかの理由で危険、倒錯的、反社会的、非知的と見なされる集団に属しているから）のならば、残念ながら、私たちには「叙述上の作戦」に出る以外に道はないのです。（基準の変更を成し遂げるために。）

ハッシュタグ #Aufschrei をめぐる議論〔Aufschrei は「叫び声、絶叫」の意。二〇一三年、雑誌『シュテルン』誌上の記事を発端に、ツイッター上でドイツにおける性差別、女性蔑視についての議論が巻き起こった〕や、Nワード〔黒人に対する蔑称「ニガー」を指す〕をめぐる議論が、なにかを明らかにしたとすれば、それは、「性差別」「人種差別」という言葉を、単に口にするだけでは足りないということです。言語によるものであれ、別の手段によるものであれ、差別行為を単に批判するだけでは足りないということです。なぜなら、批判はそれでは理解されないからです。それだけでは、なにが批判に値するのか、差別とはなにを意味するのかが、明らかにはならないからです。

排除のメカニズムをあぶりだすだけでは、じゅうぶんではないのです。排除のメカニズムは、具体的な体験によって説明されなければなりません。排除される体験をしたことのない人にも理解可能な像や言葉に翻訳されねばならないのです。

女性や有色人種の解放や復権、そして彼らの認知に対する最も強大な敵は、抑圧的な法のみならず、想像力の欠如でもあるのです。

つまり、排除のメカニズムを崩壊に導こうと思うのならば、すべての人を社会に受け入れる戦術を発展させようと思うのならば、私たちは、言葉を正確に使うことを心がけねばなりません。そして、何度も何度も、世間で通用している基準とその適用がなにを意味するのかを明らかにするために、私たちの悲しみ、怒り、絶望を、他者にも理解可能な物語や像に翻訳し続けねばならないのです。

「怒りは苦い錠だ」と、アン・カーソンは書いています。「しかし、その錠を回すことはできる」と。どうすれば、怒りの錠を回すことができるのでしょうか？　民主主義的空間とプロセスを取り戻すためにはなにが必要なのか、私たち自身と排除されている人たちとの政治的主体性と自立性とを取り戻すためにはなにが必要なのかを明らかにするために、最後にひとつの例を挙げたいと思います。

アメリカの哲学者エレイン・スカリーは、著書『痛む身体』のなかで、医師が痛みという現象をより正確に把握することを可能にした手段の発明について描写しています。一九七〇年代に、ロナルド・メルザックが同僚のパトリック・ウォールとともに、独自の質問表を作成しました。それ以前、痛みは単に「強い」「それほど強くない」としか区分されなかったのですが、ふたりの医学者は、それよりずっと包括的な言葉を使いました。「突き刺すような痛み」「燃えるような痛み」「一点集中の痛み」「広範囲の痛み」「脈打つような痛み」といったように。エレイン・スカリーは、言葉と医学的処置との関係、多層的で包括的な言葉と治療可能性との関係を明らかにしました。

著述を仕事とする私が「民主主義という挑戦」を言葉のレベルでしかとらえられないのは、ある意味で当然のことかもしれません。

実際、私が求めるのは、まさに言葉のレベルでの挑戦なのです。私たちが、民主主義に対して、民主主義のなかで、私たちの痛みを表明するために、より正確な言葉を発達させること。私たちに足りないものを表すための、より繊細で、より柔らかな言葉と表現を見つけること。私たちを傷つける言葉や、私たちを排除する行為、私たちを差別する法を、具体的な体験へと翻訳し、その体験をしていない人にも理解できるように、正確に、細分化して表現すること。そして、そうすることで、私たちが共有し得るもの、共有せねばならないものはなにか、個人でいられる領域、個人でいなければならない領域はどこかを、認識すること。私たちが属する集団の内部においても、新たな相違や多様性を発見し、発信していくこと。

そうして初めて、私たちは、ハンナ・アーレントの言葉を借りるならば、単に「複数で存在する」のみならず、その複数性を絶えず新たに構築しなおしていくことになるのです。そして、私たちにとって意義深いと思われる民主主義の姿とはどんなものかを、絶えず話し合い、新たに決定していくことになるのです。

旅をすること　1

旅をすることは、なにを意味するか？　旅をすることが生活様式になるとは、どういうものか？旅が日常生活の断絶ではなく、日常そのものになるとは？　美しくのどかなヴァカンス先ではなく、荒廃し、貧困化した地域へ向かう記者の旅とはどんなものか？　ガザやパキスタン、イラクやハイチへの旅とは。

　まずなにより、そういった旅がそもそもいつ始まるのか、はっきりしない。旅が始まるのは、旅立ちのときなのだろうか。朝、ほとんどの場合はまだ外が暗い時間に、目覚まし時計を止めて、寝ぼけ眼でふらふらとキッチンへ向かい、熱いお茶をいれるとき？　それから、その日一杯目のお茶を手に、旅の装備を最後にもう一度確認するとき？　居間に置いた大きな黒い鞄に付いたファスナーをすべて開けて、絶対に忘れてはいけない持ち物を、リストを見ながら確認するとき？なにしろ、紛争地域や被災地域への旅では、後からなにかを調達したり、補充したりすることはできないのだ。私は、わずかな荷物で旅ができると自慢する人たちのことが、さっぱり理解できない人間のひとりだ。私は常に、たくさんの荷物を持って旅をする。まずは、生存に必要不可欠な物――ステンレス製の小型湯沸かし器、アッサムティーの茶葉を入れた缶、あらゆるコンセントに対応できるプラグとアダプターの入った革製の袋、ポケットナイフ、なんにでも効く日本の薬草オイル、超ロングサイズの絆創膏、ブーツ用の靴紐の予備、そして音楽。音楽もまた、欠かすことのできないものだ。なぜなら音楽は、旅先の異国で別の世界に思いを馳せ、これから私を取り巻くことになる世界よりも穏やかで、なじみ深い世界へと旅立つための、唯一の手段だからだ。そして、重要な局面、とりわけ旅の際には必ずズボンのポケットに入れていく、私の個人的な幸運のお守りであるガラスのビー玉……

　次に来るのは、その他の旅行用品や衣類だ。右に挙げたものほど重要ではないかもしれないが、それでも旅の際の私の習慣と儀式の一部となっている物たち。イスラム圏では礼儀として腕を露出してはならないので、長そでのTシャツ。顔を隠すベールとしても使えるスカーフ。罫線の入ったメモ帳、細いフェルトペン、そして本。

　やがてタクシーのエンジン音が聞こえてくる。タクシーは私の家の前の通りに停まり、私を空港へと運んでいく。空港では、旅の相棒であるカメラマンのゼバスティアン・ボレシュが、たいていの場合、先に着いて私を待っている。空港ビルの外で、最後の煙草を吸いながら――旅が始まるのは、そのときだろうか？

　それとも旅は、何週間も前、近所の地図専門店へ向かい、旅の目的地の地図を探すときに始まるのだろうか？　私が探すのは、すすんで旅をする人など滅多にいない国々の地図だ。私はいつも、アメリカ合衆国、プロヴァンス地方、トスカーナ地方といったたくさんの場所のさまざまな地図をぎっしり詰め込んだ棚に羨望と感嘆のまなざしを投げた後、私が向かう国々の棚に、切ない視線を向ける。棚はたいていがら空きで、ぽつん、ぽつんといくつかの地図が、薄く埃をかぶっている。アフガニスタンやコロンビアの地図を探しにくる人など、もう何年もいないからだ。

それから私は、いくつかの地図を手に取って——そもそも「いくつか」あればの話だが——店の中央に置かれた大きなテーブルに広げると、地理的な記載と政治的な記載とを比較する。そして、ほとんどの場合、結局はすべてを買う。

私は地図フェティシストだ。地図を愛している。

自宅の本棚には、地図だけのための一角がある。小型で薄い地図もあれば、分厚い地図もある。ファルシ語やウルドゥ語といった私には読めない外国語が記載された地図は、山や川の名前の美しい響きを教えてくれることはないが、それでも気に入っている。私がいつも地図と結び付けて考える見知らぬものごとの秘密を、より広げてくれるからだ。

きつく折りたたまれたまま、くしゃくしゃになった地図もある。何週間もズボンのポケットに入れて持ち歩いたせいだ。ばらばらになってしまわないように、クリアファイルに入れた地図もある。歴史的なアトラスもある。巨大な本で、棚から取り出すにも力がいる。一方、荷物にならない革装幀の小型ポケットアトラスもある。

私が使ってきたこれらの地図はどれも、たくさんの丸囲みで埋めつくされている。丸囲みを並べれば、過去の旅の道程を再構築できる。黒いフェルトペンで囲まれているのは、教会や国境検問所といった場所だ。こういった丸囲みの多くが、結婚式や野外での夕食といったなんらかの物語を思い出させてくれる。葬儀や戦闘を思い出させる丸囲みもあるし、荒涼とした飛び領地を思い出させるものも、魅惑的なオアシスを思い出させるものもある。

逆に、店で買ってきたばかりの新しい地図は、まだ手を触れられておらず、しわになってもいない。なんの痕跡もない。しみも、折り目も、私がつけた印もない。これらの地図は、すべてをこれから探索しろと誘っている。まだ、さまざまな空想の旅を許してくれる。これらの地図のおかげで、私はあれこれとルートを考えることができる。地図とともに、空想上の旅に出ることができる。国境や検問所にわずらわされることなく、指でなぞって川沿いを旅することができる。おそらく現実には登ることのできない山に登ることができる。ときどき、なんらかの場所の名前を見て指を止め、調べてみる。すると、今度は別の本で調べてみたくなる、なんらかの物語に出会う。こうして、私はひとつの地に、らせんを描きながらどんどん深く魅せられていき、見知らぬものの魅惑へと引きずり込まれていく。

もしかしたら、それこそが旅のそもそもの始まりなのかもしれない。事前の探求と収集とが。どんな旅の前にも、まずひとつの問いがある。私をとらえるなにか、私の気持ちをざわめかせるなにか。それはたとえば、ヨルダン川西岸地区のオリーブ農家についてのニュースだ。分離壁のせいで、自分たちの土地に立ち入ることができず、オリーブの収穫ができない農民たち。または、「ウード」というアラブのリュートと、その演奏家。ウードの巨匠である彼は、イラク音楽の歴史について語って聞かせてくれ、戦争という現実をいっとき忘れさせてくれる。または、写真に写ったひとりの女性の視線。強姦の恐怖から、アフガニスタンとパキスタンの国境を越えて逃げなければならない女性だ。または、ペルシア語の詩集のなかの、とある詩の一節。または、自分の身に起きた出来事を語ってくれた、とある見知らぬ男。彼の話はあまりに凄惨なせいで、誰も信じようとしない。平和な地域から来た人間なら誰でも、そんなことがあるわけがないと思うような話だ。

凄惨な出来事は、それを体験したことのない私たちには、とても本当とは思えないことがあまりに多い。逆に、その出来事に苦しむ人たちにとっては、残念ながらあまりに頻繁に起こることだ。たったひとつのそんな出会い、人をとらえて離さないそんな出会いが、旅の動機になる。それは、なんらかの苛立ちであるかもしれない。誰も関心を持たないが、誰もが関心を持つべき、なんらかの不公正。

それは、なにか感動的なものであるかもしれない。意外にも美しい、または幸福感をくれるなにか。誰も知らないが、誰もに知ってほしいなにか。

紛争地や被災地への旅のきっかけとなるのは、そういった刺激、ちょっとした瞬間、一瞬の場面だ。そこにあるのは、たいてい、一種の衝動のようなものだ。ここに助けを必要とする人たちがいる。テーブルから落ちそうになる水のグラスに、無意識に、反射的に手を伸ばすように、私は無意識に、反射的に、難民や閉じ込められた人たちの画像や映像に反応する。それは本能だ。それ以上のものではない。特別なものではない。

とはいえ、もちろん、困っている人の数は、可能な旅の数よりずっと多い。不公正や苦しみの物語が書かれるべき場所は、どこかの出版社が予算を割くことのできる旅の数をはるかに上回る。画像や映像が溢れるこの時代、私たちの誰もが、常に世界中の困窮や災難を知ることができる状態にあり、それらの情報に圧倒されている。すべての事件や困窮に反応することなど、誰にとっても道徳的に重すぎる負担だ。

それゆえ、政治的または道徳的な衝動だけでは足りない。それ以外のなにかが必要なのだ。なにか個人的なものが。人をある国に惹きつけたり、ある国から遠ざけたりする、個人的な傾向、特徴というものがある。その人独自の好奇心や、遠い地への憧れを刺激するなんらかの連想がある。本人が自覚しているものもあれば、無意識のものもある。もしかしたら、自分では政治的な関心から旅をしているのだと信じているかもしれないし、実際にそのとおりでもあるだろう。だがその関心の下に、もうひとつ別の、昔の憧れという、より古い地層が隠されていることは、珍しくない。

一例を挙げると、私はずいぶん前からイラクへ旅をしてみたいと思っていた。イラクがその悲劇性で世界でも突出した存在になってからではなく、多くの戦争がイラクという国全体を震撼させてからではなく、それ以前からだ。私は、ウルの町から旅に出たアブラハムの物語とともに育った。ユーフラテス川とチグリス川を擁するこの地は、私の子供時代を彩る物語のめくるめく舞台だった。現代イラクの地図を初めて手にするずっと前から、二本の大河はどんな色をしているのだろう、ニネヴェの門はどんなふうだろう、イラクの光と匂いはどんなだろうと、想像をめぐらせていた。これらの内なるイメージは、独自の力、独自の感触を持っている。そしてそれらの現実感は、後にまずはメディアを、それから自分の旅を通して加わる外的なイメージに比べても、決して劣っていない。

つまり私たちは、旅自体が始まるずっと前から、すでに旅立っているのだ。私たちの内面で。私たちが常に内に抱えてきた物語、歴史書や文学や音楽などでなじんできた物語で。すでに内に蓄えてきた知識や経験、想像や認識のすべてで——そして、その蓄えが、私たちの創造の源泉となるのだ。

そう、憧憬が生まれるために必要なのは、それなのだ。ほんの一片の知識、古いメロディーの触りなど、なにか自分とつながるもの。その痕跡を追おうと思わせるなにか。こういったものは、旅の前のみならず、実際に異国の地に身を置いたときにも、重要だ。なにかひとつでも自分自身とのつながりがあれば――子供時代にも聞いた鳥の声、なじみのある韻律を持った詩、言葉を交わさずとも、年配の男たちとともに興じることのできるカードゲーム――、それがなんであれ、別の文化、別の時代、別の社会へと入っていくきっかけとなるなにかがあれば、いまいる異国の地に関して本で読んだ知識であろうと、なんらかの音楽への愛であろうと、そんなわずかな手がかりや情熱が、異郷においては突然、そこに溶け込むためのきっかけとなる。

もちろん、旅のプロフェッショナルな方法論もある。なんのための旅なのか、どういった政治的または社会的な問いを追究するための旅なのか、どういった問題に対してどういった視点が重要なのか、どういった人物または組織が重要でありうるのかという、理論的な計画もある。そしてそういった旅には、決まった調査の方法というものがある。

だが、旅の神髄とは、その地に持ち込んだ資料や、心のなかの地図や、個人的な憧れや、本から得た知識といった、論理的または感情的なあらゆる荷物とはまったく別に、決定的な瞬間にはそういった荷物をすべて忘れて、心を無にして、驚き、不安になり、圧倒されるがままになることだ。

旅の神髄は、その地についてのなにかを知ることではなく、その地で途方に暮れたときに、そういった知識を忘れることなのだ。

もしかしたら、そのときついに、旅が始まるのかもしれない。地図が終わり、通りが途切れ、目指す家が見つからないところで。通訳も現地の人を誰も知らず、未知の旅が始まるところで。その旅は、信頼することのみから成り立つ旅だ。道端の農夫や、黙ったまま行くべき方向を指す老婆に導いてもらう旅。それが本来の意味での旅だ。今夜どこに、誰の家に泊まることになるかわからず、朝にはまだ持っている確信のうちどれが、夜にもまだ失われていないか、定かではない旅。

私が一番多くを学んだのは、常にそんな場面でだった。コロンビアのある場所で身動きが取れなくなったとき、とある家族が、私たちを家のなかへ引っ張り込んでくれた。外ではゲリラ戦が繰り広げられており、そのまま通りにいたら、生き延びることはできなかっただろう。その家族が暮らす小さな家の台所の床に座り込んでいた数時間、私たちはいろいろなことを語り合った。私たちは私たちの世界の、彼らは彼らの世界の話をした。私たちは皆、戦火の下で同じように途方に暮れていた。少なくともあの瞬間、私たちは似た者どうしだった。どちらかが戦争により近く、どちらかがより遠い、といったことはなかった。あの戦争は、私たちの誰にとっても脅威だった。そうして私たちは、コロンビアでの人々の生活について、なにかを理解したのだった。馴染んだ道に留まった場合に知り得たであろうよりも、多くのことを。

そういった理解をもたらすのは、なにも脅威的な状況ばかりではない。ときには、単に思っていたのとは違う方向へ進む会話かもしれない。突然のように本心を語り出し、反論に理解を示そうとさえする過激派のシェイク。悲しんでいながら、伝統にとらわれているためにそれを表に出せず、自分が悲しんでいることを伝える誰かを必要としている父親。自分が考えるセクシュアリティとはどんなものかを語りだす、ベールで体を覆った女性。同時に、私たちのほうが、それまで自分でも認められなかったことを吐露したり、それまでよく考えてもみなかったことに対する疑いを表明することになる会話もある。会話の相手がそれを要求したり、可能にしてくれたりするからだ。

本当の旅は、見知らぬ人たちとの会話にこそあるのだ。周りの世界が突然消え去り、「自分」も「見知らぬ人」もなくなり、突然、共通のなにか——人間——が立ち現れてくる瞬間に。

それこそが、旅の本来の目的なのだ。すべてを超越する瞬間が。場所、言葉といった、人を区別するすべては、そういった会話をそもそも可能にしてくれるものではある。ところがひとたび会話を始めれば、そういった区別にはもはやなんの意味もなくなる。もちろん、意見の相違、見解の不一致はある。だが、会話の旅が成功すれば、そこで生まれた出会いは、その場の誰もを、それまでとは違う人間に変える。

だから、旅とは何度も新たに始まるものではない。決して終わらないものなのだ。ベルリンの自宅に戻ってきたからといって、旅が終わったわけではない。光景、出会い、匂い、味は、私のなかに刻み込まれている。それらは、どこかひとつの場所、どこかの異国を形作るものであるのみならず、これからは私自身、私の人生を形作るものでもあるのだ。

それらすべてを、私は自分の内に抱き続けている。早朝、タクシーで空港へ向かい、友人であるカメラマンのゼバスティアン・ボレシュが、外で最後の一本を吸っているのを見つけると、毎回のように、これからまた新たに未知の世界へ向かうのだと実感して、嬉しくなる。最も素晴らしい瞬間は、私たちふたりが機内に並んで座るときだ。荷物を無事に預け、保安検査も通過し、もう私たちを——私たちと、旅の幸せとを——引き裂くものはなにひとつなくなった、その瞬間。

旅をすること　2

——ハイチを語る

ハイチについて、どう語ればいいのだろう？

どこから始めればいいのだろう？　誰もが、あの地震の最初の日から、無数の映像や画像を目にしてきた。死と荒廃についての無数のストーリーや解説で、ハイチのイメージは出来上がってしまっている。まるで溶岩のように、ゆっくりと大量に広がり、すべてを飲み込み、あらゆる好奇心も同情心も硬化させてしまいそうな「慣れ」に、どう抗って語ればいいのだろう？　ハイチが、この世界のなかの、悲しみと苦しみに満ちたどこかの地のひとつに過ぎない存在になるのを、どう防げばいいのだろう？

ハイチについて、私はどう語ることができるだろう？　ほかに類を見ないハイチ、衝撃的なハイチ、私が想像していたよりずっと凄惨な状況にあるハイチについて。

ハイチがハイチでは**ない**ことを、どう説明すればいいのだろう？　私自身もまたそれまでに触れてきたあらゆる画像、映像、テキストでは、ハイチを描写するにはとても足りないことを。ハイチから受ける驚きと混乱を、どう説明すればいいのだろう？　ああいった場所ではなにひとつ私たちの見知ったものなどないことを。そして、悲惨な状況をどれだけ描写しようと、まだ不十分であることを。常になにもかもが、足りないような気がすることを。まるで、子供のころに使っていた掛け布団のように、少しだけ丈が足りないのだ。そして、どれほどつまんだり引っ張ったりしても、体全体を覆うことはできず、温まらない。

ハイチという観点から世界を描写しようとする私自身の試みも、この掛け布団と同じであるような気がする。ときに、私は試みる。友人たちに、ハイチの話を聞きたいかと尋ねてみる。そうやって話すことは、のちに書くための予行練習だ。まるで、暴力と悲しみの光景を他者に理解可能な形で適切に描写するにはどうすればいいかを、あらかじめ確かめねばならないかのように、私は予行練習を必要とする。

ときには友人たちに、書いたものを読んでくれないかと尋ねることもある。それも、まだ現地にいる時点ですでにそう尋ねることもある。いまここで私が体験していることを、書いて送ってもいいかと。返信をくれない友人もいる。

だが、喜んで、と言ってくれる友人もいる。

そうすると、私は語る。そして、話したり書いたりしているうちから、私の描写という掛け布団の丈が短すぎることに気づく。友人たちにはどれくらい時間があるのだろう、ハイチの無限の悲惨さについて聞き、読むという負担を、どこまで背負わせていいものだろう、と自問すると同時に、どこから始めればいいだろう、とも自問する。どこかの歯車がひとつ外れてしまったのではなく、どこか一か所のみが損なわれたのではなく、どうやらきちんと回っている歯車などもともとなかったように見えるハイチという世界の現実を、友人たちに把握してもらうためには。

どうやって説明すればいいのだろう？　自分自身でさえ想像できなかったことを。その場で実際に体験している瞬間にも、自分で理解できないことを。ハイチにいてさえ、理解できないことはある。それは、あまりに悲惨すぎて、信じることが難しいからだ。

自分を恐怖と戦慄から守るために心理的な境界線を引いているのかもしれないし、ドイツにおいては困窮や苦しみに接する経験が滅多にないせいで、視野が狭まっているのかもしれない。

とにかく、私たちには想像したくないことがらというものがある。

それでも、想像せねばならない。実際に目にし、体験しているのだから。それなのに、私たちは、呑み込みの遅い人間のようにその場に立ち尽くしたまま、ひとつひとつの断片をつなぎ合わせて、意味を成すひとつの光景にすることができないでいる。

ここでは、そういった個々の断片を語ることで、ハイチを描写してみようと思う。互いにかみ合わず、私たちがすでに見知っているものごととのつながりをどこにも見出せない、そんな経験の切れ端を語ってみたい。そういったことが起こり得る世界とはとても和解できない、そんな経験の切れ端を。

ある少年との出会いは、そんな例のひとつだ。十歳か十一歳ごろに見えるその少年は、私の相棒であるカメラマンのゼバスティアン・ボレシュの前に立って、こう訊いた。「僕の父さんになってくれない？（Do you want to be my daddy?）」

私たちはそのとき、ポルトープランスの北に広がる平野の道端に車を停めていた。そこに、三人の少年がやってきたのだった。外国人で、白人で、車を持っている。少年たちが私たちについて知ることができたのは、それだけだった。つまり、一目でわかることがらのみだ。声をかけてきた少年の背後に、元締めがいたわけではない。人買いが彼を誘拐し、売り飛ばそうとしたのでもない。絶望した母親が、私たちのもとで暮らすほうが幸せだと思って、子供を差し出したわけでもない。

そのどれでもなかった。

少年は単に、自分自身を提供しようとしたのだ。

少年は、金をくれと頼んだわけではなかった。体を売ろうとしたわけでもなかった。セックスのことなど考えてもいなかったろう。おそらく、なにひとつ考えていなかったのではなかろうか。

私が「すでに見知っているものとのつながりが見出せない」「私たち自身の経験から成る世界とは調和しない」と言うとき、頭に浮かぶのはこういう光景のことだ。それは孤立した理解不能な光景であり続ける。少年が自分から誰かの息子になると申し出るような世界が、どんな感情的構造から成り立っているのか、即座には理解できないからだ。

「いや、悪いけど、息子が欲しいとは思わないんで」

「でも、僕には父さんがいないんだ」

そう言われて、いったいなんと答えればいいものだろう?

「僕には母さんしかいない」

こんなふうにして逃げ出したいと思うほどの生活とは、いったいどんなものなのか? これほど簡単に去ってしまえるほど、母親との絆は浅いのだろうか？　自分からすすんで見知らぬ世界と交換しようと思うほど、家での生活は過酷なのだろうか？

いや、そんな風に考えること自体が、筋違いなのかもしれない。不公正なのかもしれない。そもそも、私がなにを知っているというのか？　この少年は、まったく同じ光景を、これまでどれほど目にしてきたのだろう？　車が停まり、白人の男女が降りてきて、子供を連れていこうとする光景を。車から降りてくるのが男ひとりだったことは、どれほどあったのだろう？　これまで何人の友人が、そうやって去っていったのだろう？　私たちのような白人の暮らす、どこか遠い国へと。地震の後のハイチがどれほどの惨状かを見るためだけに、飛行機に乗ってやってくる経済的余裕がある人たちの国へと。病的な小児性愛を満たすための「新鮮な肉体」を調達するためだけに、飛行機に乗ってやってくる経済的余裕がある人たちの国へと。少年の友人の何人が、これまでそうやって強姦され、虐待されてきたことだろう。もちろん少年はそんなことは知らない。なぜなら、友人たちは、いったん去っていった後は、もう手紙を送ってはこないから。

ハイチについて語ることが難しいのは、あの地の慰めのなさ、救いのなさが、私たち自身の想像力を超えているからだ。私たちの経験の彼岸にあり、人間が耐えることのできるあらゆる経験の彼岸にあるからだ。そして人は、理解できないまま置き去りにされる。理解しようともがきながらも、理解できない。だが、理解できないのは、それがもともと理解できることではないからでもある。わかりやすい形にまとめることのできるものではない。理解できるように、小さく分割して断片的に提示できるものではない。また、理解することがこれほど難しいのは、理解したくないからでもある。私たちの心理が、道徳的な感覚が、意識が、ひとりでに閉じてしまうのだ。
見知らぬ人間に自分の身を差し出そうとする子供の生活を、いったい誰が理解したいと思うだろう。いったい誰が想像したいと思うだろう。

また、ハイチについて語ることが難しいのは、メディアを通して私たちの目に映るハイチが、実際にハイチにいて目に映るものとは違っているからでもある。

画像編集局やニュース編集局によって届けられる画像に写っているのは、たいていの場合、地震のすさまじい威力がよくわかるような個々の崩壊した建物だ。たとえば、優雅で大きな大統領府の建物が崩壊した写真。カメラマンたちは常に、悲惨な災害の全貌を象徴的に表す光景を探す。だが、すべてを説明するたったひとつの画像を探しているうちに、視線は変貌していく。そして、悲しみにくれるひとりの子供、がれきのなかのひとつの死体、飢えたひとつの集団が差し出す手、といった画像を求めるようになる。

こういった画像はどれも間違いではない。現実の光景だ。

だがそれらが伝えるのは、単に苦しみの質のみだ。破壊の力のみだ。苦しみの量や影響の範囲は伝わらない。それらを伝えるには、ひとつの画像では足りない。必要なのは、多くの画像から成る物語であり、個々の敷地ではなく全体の光景をカバーするさまざまな画像による語りなのだ。

映像なら、すなわちテレビなら、事情が違ってくるかもしれない。なんといっても、多くの光景をつなげて見せることができるのがテレビなのだから。とはいえ、そのつなげられた光景が、結局は、画像の場合と同じような視点で選ばれ、編集された個々の光景または場面の連続でしかないのなら、すなわち小さな絵画の集まりであり、動く静止画でしかないのなら、それらは各画像を最も劇的に伝えることはできるかもしれないが、必ずしもハイチの劇的な状況を伝えられるとは限らない。

悲惨な状況がどれほど蔓延しているかを伝えるのに最も適した方法は、一本の通りを端から端までカメラに収めて歩くことかもしれない。倒壊した建物が次から次へと視界に現れる。次から次へ、次から次へ。それぞれの建物自体は、特別なものである必要はない。瓦礫の横に、泣きはらした顔の女性や腐敗しつつある死体が映る必要もない。ただ、建物を次から次へと映していくだけ……

少なくとも私は、実際に現地に赴く前にそういった映像を見たことはなかったし、あそこまでの規模の惨状を想像したこともなかった。

到着した最初の晩、私たちはポルトープランスのさまざまな通りを車で走った。道中、私は、被害はそれほどでもない、地震は思ったほどは大きな爪痕を残しはしなかった、と自分に言い聞かせようとした。倒壊を免れた建物もぽつぽつと目に入ったことで、自分を落ち着かせようとした。地震の大きさ、その恐ろしい威力を、私は個々の倒壊した建築物から読み取った。壊れた大聖堂、経済省ビル、権力を象徴するさまざまな建築物から。

それは確かに戦慄すべき光景だったが、それでも想像の範囲内だった。

ところが二日目、三日目、四日目と、私たちはさらに行動範囲を広げていった。別の通りを走り、さまざまな地域を歩き、さらなる破壊を目にした。いたるところ、瓦礫に次ぐ瓦礫だった。倒壊し、ミルフィーユのように重なって横たわる個々の階の天井のみになってしまった建物。斜めに傾いだ建物、真っ二つに割れた建物。ひとつひとつの建物がそれぞれ別の方向にねじれている通りも歩いた。

そうして初めて、被害の際限のなさを実感した。無事だった地域などひとつもなかった。それは救いのない惨状だった。その質を伝えることはできても、量を伝えることはできない、そういう惨状だった。「量を伝えることができない」とは、美的表現上の問題ではない。あの災害の規模は、「どう表現するか」という問いを超えるものだ。

もちろん、どう表現するかという問題もある。だがそれだけではない。

あの災害の規模、被害と苦しみと悲しみの量は、道徳的な問題でもあるのだ。人はどこまで耐えることができるのか、どこに嘆きをぶつけるのか、苦しみの源はどこにあるのか、という実存的な問いを投げかける問題なのだ。運命がハイチに永遠の繰り返しを課し、偶然がハイチをこれほど頻繁に荒廃させるのなら、私たちが偶然の偶然性について疑い始めるのも時間の問題だ。

これほどの不公正は、本当にいわれのないものなのか？　これは呪いなのか、それとも当事者たちの無能力のせいでもあるのか？

ハイチの悲劇のあまりの規模、自然災害とクーデターの連続、死と荒廃の繰り返しは、私たちの目にはもはや説明不能に映る。

ハイチについて、この不公正について、この国の特異さとその絶望の特異さについて、私が考えることをやめられないのは、そのせいもあるかもしれない。

旅をしていて、あれほど途方に暮れた経験は滅多にない。あれほどの困窮を前にしてどう行動していいのかと途方に暮れたばかりではない。どう考えていいのかわからず、途方に暮れたのだ。なにが正しくて、なにが間違っているのか、なにが可能で、なにが不可能なのか、なにが耐えることのできるもので、なにが耐えることのできないものなのか。

ポルトープランス北部の貧しい地域であるフォールナシオナルで、ひとりの男が瓦礫と化した自宅前に座って、ねじ曲がった鋼鉄の板をハンマーで叩いていた。男の背後にある家は、足を踏み入れられる状態ではなかった。玄関も部屋ももはやない。かつての我が家の面影はまったくない。左右には瓦礫の山、鉄骨の梁。さらにその左右にも、壊れた家が延々と続く。通りの端から端まで、坂を上っても下りても、見えるのは廃墟ばかり。押しつぶされ、引きちぎられ、傾いた屋根や天井。フォールナシオナルのほぼすべて——学校も、教会も、宝くじ売り場も——が破壊されていた。

そんな場所に、その男は座って、小さなハンマーで鋼鉄の板を叩いている。

なんのために？

なんのために、そんなことをしているのだろう？　そんなことが、いまさらなんの役に立つのだろう？　家が破壊され、通りが、地域が、ポルトープランス全体が破壊されたいま、小さな金属をいじりまわすことに、どんな意味があるというのだろう？

その数軒先——数軒の壊れた家々の先——では、ひとりの女が、いまはもう存在しない家の床に置いた金属製の椅子に腰かけていた。ただ座っているだけで、なにもしていなかった。もはや部屋を仕切る壁も、外壁もなく、ドアも、窓も、なにひとつない。それでも女はそこへやってきて、かつて居間があった場所に座っているのだった。あたかも居間がまだあるかのように。なんのために？　なんのために、そんなことをするのだろう？　なにもせずただ座って、ぼんやりとあたりを眺めることに、どんな意味があるというのだろう？　女の背後の瓦礫の山のなかには、彼女の義理の姉と姪が埋まっている。どうして私がここをどかなきゃならないの、と女は言う。どうしてここに来ないでいられるの。毎日来て、空っぽの空間に置いた小さな椅子に座らずにいられるの。別れを告げることなしには、悲しむこともできない。

この女性は、これまで何度、こうやって座ってきたのだろう？　今回の地震、またはそれ以前の自然災害、クーデター、クーデター未遂、軍事介入などで、すでに何人の親族を亡くしているのだろう？　彼女のなかには、まだどれほどの力が残っているのだろう？　自分自身がなにをしたわけでもないのに、築き上げたものを何度も何度も奪われる体験をすると、人はどれほど無力になるものだろう？　どれほど希望を失い、打ちひしがれるものだろう？

フォールナシオナルの通りを、私はそうやって歩いた。瓦礫のなかから立ち上る死体の匂いのなか、焚火の傍らで一杯のスープを待つ子供たちの前を通り過ぎ、語ることなどもはやなにもないために、ぼんやりと黙り込む男たちの前を通り過ぎた。そして私は問うた。この人たちが、身に降りかかった苦しみに慣れることはあるのだろうか、と。

慣れてほしいと、単に私が願っていただけなのかもしれない。なぜなら、もしそうならば、私にとってすべてが耐えやすくなるからだ。なにも耐えることなどない私にとって。もしかしたら、彼らが耐えねばならないことに、私なら耐えられないかもしれない。だからこそ、私は自問するのだ。痛みは、常にともにあるうちに、減っていくものなのだろうか、と。

本当にそうなのだろうか。苦しみは、繰り返し訪れれば、それだけで小さくなるものだろうか？　痛みに半減期などあるのだろうか？　悲劇は、それが長く続けば、小さくなるものだろうか？　私たちは、本当にそう思っているのだろうか？　人は、長く苦しめば苦しむほど、より苦しまなくなるものだと？　人は苦しみに慣れるものだと？

私はこれからもハイチへ行くだろう。なぜなら、困窮は続いているからだ。悲しみはまだ始まったばかりであり、あそこでなにが起きているのかを、私はまだ理解できていないからだ。人々がどうして生き続けていけるのか、どこからそれだけの力を得るのか、ほかのすべてが揺らぎ、壊れてしまっても、決して揺るがないように見える信念をどこから得るのか、まだ理解できていないからだ。こういった問いが、私にはまだまだ残っているからだ。そして、ハイチとはなにかを、まだ適切に説明できていないからだ。

旅をすること　3

——旅のもうひとつの形について

引っ越しをした。

旅についてのエッセイの書き出しとしては、奇妙に見えるかもしれない。

しかも、遠くへ引っ越したわけでさえない。新たな世界の発見を伴うような、別の国、別の町への引っ越しではない。私は同じ町のなかで引っ越しをしたにすぎない。ひとつの区から別の区へ、ひとつのアパートから別のアパートへ。

だが私は、引っ越しを見くびっていた。引っ越しはただの引っ越しに過ぎないと思っていた。もちろん、家具類を運ぶのに手助けが必要なことはわかっていた。私とともにアパートに暮らすたくさんの本を、できるだけ小さな段ボール箱に小分けして詰めるには、かなり時間がかかるだろうこともわかっていた。でもそれだけだ、と私は思っていた。それが引っ越しだと。家財道具が別の住居に移されれば、それですべて完了だと。言ってみれば、引っ越しとは現実的な仕事であり、一種の動く事務作業だと思っていたのだ。

すべては、私の職業上のライフスタイルである旅とはなんの関係もないと思っていた。見知らぬ場所、見知らぬ生活空間を歩きまわり、別の光、別の音、別の食べ物に触れる喜び、他者に対する驚き、そして他者の目に映る私自身に対する驚き――私を旅に惹きつけるそういったすべてのものと、引っ越しとがなんらかの関係があるとは、まったく考えてもいなかった。

なんという間違いだったことか。引っ越しは旅だ。延々と続く旅、過去と現在という異なる方向へと同時に進行する旅。新たな住まいに到着しても、私はまだ古い住まいを去ったわけではなかった。引っ越しは、私を以前の住まいから次の住まいへと導いたのではなく、逆に、私がこれまで暮らしてきたあらゆる家、あらゆるアパート、あらゆる部屋へと連れ戻した。

おそらくここで、告白しておかねばならないだろう。私には収集癖があることを。なお悪いことに、私は収集癖のある一家の出身であることを。

そもそも、引っ越しをしようと思い立ったのは、両親の死と関係があった。数年前、私と兄は、両親の家を整理せねばならなくなった。家族の友人のひとりが、形見をどう分配するかをわかりやすくするために、小さなポストイットで家財道具にしるしをつけるといいと助言してくれた。当時の私は、どぎついピンク色のポストイットの束を手にした自分の姿が、間抜けに思われてしかたがなかった。これから家じゅうをこうして歩き回り、いたるところに「私の鍋、あなたの鍋」としるしをつけていくのかと思うと、恥ずかしかった。

そもそも、私がどうしても欲しかったものはたったひとつだったのだから、なおさらだった。それは古い箪笥だった。特別に高価なわけでも、美しいわけでもないその箪笥には、歴史があった。私たちが子供のころ、母はいつも、さまざまなボードゲームを一番下の引き出しにしまっていた。〈メンシュ・エルゲレ・ディッヒ・ニヒト〉や〈ファンク・デン・フート〉といったゲームをやるために家族が集まると、最初に、箪笥の引き出しを開けるギーッという音が響いたものだ。真ん中の段である二段目になにがしまわれていたのかは、もう忘れてしまった。だが、一番上の引き出しには、細々したものが入っていた。母はそこに、輪ゴム、紐、ボンド、画びょうといったものをしまっていたのだ。私が愛した箪笥の奥深くには、そういったあらゆるものが入っていた。

箪笥の中身を選り分ける際に、私の頭には、さまざまな歴史が浮かび上がってきた。そこにある物たちと結びついた物語を思い出した。母の死の直前の数週間、いつも蠟燭に火をつけるのに使った小さなマッチ箱。寝ずの番のあいだ、私の悲しみに黙々と寄り添ってくれたラジオ。そういった物たちが、私の新しい生活のなかに居場所を見つけられるかどうかは、重要ではなかった。とにかくそれらを保存したかった。それらの物語を失いたくなかった。

最初は、私が欲しいのは箪笥だけだと思っていた。だが、兄とふたりで家じゅうを巡るうちに、ほかの物にまつわる物語も思い出していった。家族で遊んだカードゲーム。いくつもの箱に詰まった、家族や友人からの手紙。クリスマスや祖父母の訪問といった、とっておきの機会にだけ取り出して使われた、高価な塩入れ。青みがかった鈍い光を放つ塩入れは、瞬く間に私の脳裏に、古典的な〈青の鯉〉〔クリスマスの伝統的料理〕を作って義両親を感心させようという、失敗に終わった母の数々の試みのことを思い出させた。

一方、それまで知らなかった物も発見した。母の棚には、私が見たこともないファイルがあった。

開けてみると、私がさまざまな戦地のホテルから、両親を安心させるために送ったファックスがすべて収められていた。ほとんどは、漠然とした、月並みなことが書いてあるに過ぎないものだ。カブールでのおいしい食事、アルバニアの美しい陽光。妙な形のベッドに沈み込む毛の短い生き物を描いた絵もあった。両親に、私が元気にしていると信じてもらうための、ちょっとした冗談だ。私はファイルをめくっていった。そこには本当に、私が十年間、世界のさまざまな絶望の地から、まだ生きていると伝えるために送ったすべてがあった。

こうやって家じゅうを巡るあいだに、あらゆるものが再び立ち現れてきた。物にまつわる物語。そう、それらを使った人間たちの物語が。

結局、私はたくさんの物を持ち帰った。

母がアルゼンチンの学校で使っていたノート。曾祖父のナプキンリング。母が一生のあいだ使い続けたレターオープナー。まるで外がどれほど寒いか、自分の体で感じることができないかのように、父が毎朝のように見ていた温度計。

自分を正当化するために、言っておかねばならない――手放した物もたくさんあることを。友人や知人にあげたり、近所の難民収容施設や、町のホームレス援助団体や、母校に寄贈したり。なにひとつ手放せなかったわけではない。それに、さまざまな物を自分で引き取ったのは、私の収集癖のせいばかりではない。実用性を吟味した結果でもある。当然のことだが、使えそうな物もあったのだ。鍋やフライパン、二脚のテーブル、シーツやベッドカバーなど。つまり、かつては嫁入り道具、婚資と呼ばれた品々だ。結婚しない娘、同性愛者である娘が増えたこの時代には、いつのまにかすたれた伝統。私の両親が、もはや嫁入り道具のことを考えなかったわけではない。ただ当時の私には、嫁入り道具を拒否することが進歩的に思われたのだった。

だが、いまとなっては、そんなことには意味がない。私は感謝の念とともに、シーツを一枚、また一枚とたたみ、すべてを箱に収めた。こうして、とりあえず形見分けは終わった。

ベルリンの私のアパートは、両親の家から持ってきた物をすべて入れるには、あまりにも狭すぎた。古いピアノ、二脚のテーブル、たくさんの箱は、とりあえず町の端にある大きなコンテナ行きとなった。そして、そこに埋没して、私の目の前から消えた。それは、単なる現実的な行為ではなかった。母の形見のすべてを自宅に置かなかったのは、場所がなかったからだけではなく、自分の近くにそういった物があることに耐えられなかったからでもあった。形見のひとつひとつが、母の死によって私にもたらされた痛みに、新たに火をつけるような気がしたのだ。そういうわけで、コンテナは当面の快適な収納場所だった。

こういったレンタル収納スペースには「セルフストレージ」という魔法の名前がついている。私物をコンテナに収容していた数年のあいだに、私は、それが本当に文字通りの意味で「セルフストレージ」、つまり「自分を収容すること」なのだと、理解し始めた。実際、私は私自身の一部を、コンテナに収容していたのだ。さまざまな思い出の染みついたあらゆるものを。しばらくのあいだは、そこへ旅をしたくはない思い出。あまりに辛いので、考えずにいたい思い出。新しいアパートを見つければ、両親の家から持ち出した家財道具も引き取れるだろう、と私は思った。ところが、より広いアパートを見つけるには、思ったよりも時間がかかった。どうやらその時間は、悲しみが心の底へと少しばかり沈むのに必要な時間と、まったく同じ長さだったようだ。悲しみは、独自の時間を必要とする。そして、苦しみが和らぎ、思い煩うことも減ったころ、形見はコンテナを出て、私の生活へと入る準備を整えた。

こうして、私は引っ越すことになった。それまでの住まいでの生活と、「セルフストレージ」に置いてあったあらゆる物とは、新しい住まいに運び込まれることになった。過去のさまざまな層が融合することになったが、それが私を押しつぶすことはもはやなかった。それに、両親の家で荷物を作っているときから、少なくとも気を付けてはいたのだ――持っていくのは素晴らしい物語を語ることのできる小さな物だけにしようと。

というのも、私のような収集マニアが集めるのは、まさにそれ――物語――だからだ。私はあらゆる旅から――ガザだろうと、ニューオーリンズだろうと、ポルトープランスだろうと、ペシャワールだろうと、あらゆる場所から――常に、なんらかの物語を語るものを持ち帰る。思い出を内包するもの、私の心のなかに再び光を灯すもの、その地に生きる人たちの悲しみを象徴するもの。今日では私の仕事机の上にある錆びついたネジは、ミシシッピ川沿いの線路の副木に付いていたもので、線路のこちら側とあちら側に分かれて住む黒人と白人の乖離を物語っている。いまではもう、列車は走っていない。トラック輸送の増加と、合衆国における鉄道の民営化によって、多くの路線が廃止された。それでも、黒人と白人はいまだに線路のこちら側とあちら側に分かれて暮らしている。この古くて重いネジを見るたびに、私は合衆国の鉄道の話を思い出す。そして、鉄道が黒人と白人との共存にどんな役割を果たしてきたかを。

エルサレムの採石場の赤みがかった黄色い小さな石は、とあるパレスチナ人の採石労働者が私にくれたものだ。彼は二十年来、ヘブロンの南にある砂岩から巨大な立方体を切り出している。エルサレムへは、もうすいぶん前から、足を踏み入れることを許されていない。自分が愛情をこめて切り出した石がどのように使われるのかを、彼がその目で見ることは二度とないだろう。彼はイスラエルのパスポートを持っておらず、町の前に立ちはだかる壁を抜けて、黄昏の光を受けて独特の光を放つ石でできたエルサレムの町に入ることはできない。

こういった物たちを、私は旅の写真や、すでに存在しない国々の通行証や滞在許可証などとともに、集めている。誰かが別れ際にくれたスカーフを、古いコンサートのチケットや、ラブレターや、ボストンのお気に入りのカフェのポストカードや、木彫りの人形などとともに保存している。ひとりの旅人の博物館だ。

引っ越しによって、これらの物語は、私自身の物語、私の子供時代の物語と混ざり合うことになった。私がとうに忘れていた思い出たちと。塩入れを見て初めて思い出した、母の〈青の鯉〉料理のように。新しい住まいでの生活は、突然、もはや新たな環境での新たな人生への出発ではなく、ひとつの旅だと感じられるようになった。私の人生をたどる、ゴールのない旅。子供のときと大人になってからのさまざまな時代をめぐる旅。通常は私の本棚のなかで、手に取られることも、目に触れることもなくひっそりと眠っていたものたちが、突然、姿を現した。これまでの旅で取ったメモ、フランクフルト大学の哲学コロキウムのノート、博士論文のためにさまざまな文献からの引用をメモした索引カード——突然、こういった歴史と経験のすべてが、その立ち位置をずらし、重なり合った。まるで遮断機が開いたかのようだった。母の死以来、何年間も、こういった物たちを私の目から隠してきた、悲しみというバリアが開いたかのようだった。同時に、私に多くを忘れさせ、抑圧させてきた時間という重荷が取り除かれたようでもあった。そして突然、人生のあらゆる時期が融合して、私はそこを旅することができるようになった。

もちろん、それは通常の意味での旅とは異なる旅だ。だがこの旅にも、通常の旅と似た瞬間がある。自分自身との出会い、自分を見失う可能性、軽率に無駄骨を折ったり、道に迷ったり――こういったすべては、過ぎ去った時代や世代について語る物たちを前にしても、起こりうるのだ。

そもそも、悲しみや辛い思い出を、旅のひとつの形式だと考えることは、救いになるかもしれない。そう考えれば、悲しみに身を委ねることが、少しは楽になるかもしれない。そして、頻繁に私たちをためらわせる、思いがけない出会いへの恐怖を、克服できるかもしれない。旅をしているときなら、そういったことに対する心構えがある。ところが、自身の内面への旅に誘われ、自身の物語や家族の物語へと出発する段になると、私たちはためらってしまう。

もしかしたら、私の家族が皆、収集癖を持っていたのも、私が収集への情熱を受け継いだのも、それが理由なのかもしれない。旅をすることが好きだから。思い出をたどることが好きだから。美しいものに惹きつけられるのと同時に、辛く苦しいことにおじけづくこともないから。石、釘、手紙、貝殻といった、収集された物たちは、単なる過去の痕跡ではなく、私たち自身の源だ。それらの物に誘われて、これからも誰かが痕跡を追ってくれるならば、決して干上がることのない泉なのだ。

新居に引っ越してからの二週間、これまで集めた物たちに囲まれて過ごすうちに、物たちがその独自の秩序に私を従わせる力がいかに強いかに気づかされた。以前の住まいでの動作や、台所や仕事部屋での作業の手順などが、どれほど体に染みついていたか。そして、いま突然、新たな秩序が必要となることが、どれほどの混乱をもたらすか。最初の数日は、すっかり途方に暮れた。私の家、私の服、私の本、私の写真だというのに、突然そういった物のすべてが、新たな場所にあったのだ。そもそも、初めて居場所を得た物たちもあった。以前は床に散らばっていたものが、ついに棚の上に並べられることになった、といった具合に。当初は、人が習慣や、なんらかの行動手順や、なんらかの場所といった、生活を構成するものごとにどれほど依存しているかに気づいて、苛立ったものだった。

だがいま、引っ越しは終わった。そして、旅が始まる。玄関から一歩も出ることなしに、私は旅をすることができる。他者への旅、私自身への旅、過去への旅、現在への旅。それは、あらゆる物と、物が語る物語とを巡る、幸せな、心を豊かにしてくれる、のんびりした旅だ。

*

訳者あとがき

なぜならそれは言葉にできるから――なんとも印象的なタイトルだ。本書の表題作は、ナチスの強制収容所、ユーゴ戦争における集団強姦など、極度の非人間的状況から生還した人たちが、「言葉にできない」ほどの壮絶な体験を、「それでも言葉にすること」をテーマとしている。とはいえ、極限状況に身を置いた人のさまざまな証言を紹介しながらも、決して凄惨な体験の羅列ではない。むしろ、そうした羅列とは対極にある、「語ること」「聞くこと」「聞いたことを伝えること」についての考察だ。というのも、この作品では、極限状況を体験した人が体験していない人に向けてどう語るか、なぜ語るか、のみならず、むしろ聞き手のほうこそがその語りをどう受け止め、伝えていくか、に重点が置かれているからだ。

ここで重要な意味を持つのは、印象的なタイトルのなかでともすれば読み飛ばしがちな「それ」という言葉だ。「言葉にできる」はずの「それ」とはなにか。著者カロリン・エムケは、作品の冒頭で、ロシアの詩人アンナ・アフマトヴァのテキストを引用する。当事者が「それ」としか表現できないことがらを、アフマトヴァが言葉にすることを約束するこのエピソードは、「それ」が言葉にされ、伝えられていくためには、語る者と聞く者、両者の共同作業が必要であることを、象徴的に示している。

この引用を手掛かりに、著者はまず、極度の非人間的状況から生還した人が、自身の体験を語ることがいかに困難かを論じる。極限体験が人から言葉を奪う過程を、さまざまな例を挙げて丁寧に考察していく。そして、語ることの困難をじゅうぶんに理解したうえで、主体性を奪われた人がそれでも見つけ出し、守り通す一瞬の「ずれ」に、語ることの可能性を見出す。話の途中で何度も何度も「新しい靴を買っていったんですけどね」と言うアデムのエピソードは、まさにこの「ずれ」を端的に表していて、印象的だ。

ジャーナリストとして、そんな「ずれ」の瞬間を何度も目の当たりにしてきた著者は、「言語に絶する」出来事を決して語ることのできないものと決めつけ、語りの不可能性を結果的に一種の規範にまで高めてしまう理論を厳しく批判する。そのうえで、被害者の語りを聞く側、すなわち私たちの大多数、および私たちが生きる社会の側の姿勢を真摯に追究する。証言者が語るためには、聞く人間が不可欠であり、語りには聞く側が大きな影響を及ぼすからだ。

トラウマ研究の発達につれて、極限状況からの生還者の証言は、その正当性を疑問視されることが多くなった。すなわち、極度の心的、身体的ストレスにさらされている人間が事態を「客観的」に目撃することは可能なのか、そして、生還後、トラウマを抱えた状態で、それを「客観的」に証言することは可能なのかと問われるようになったのだ。たとえば戦争犯罪を裁く法廷では、被害者の証言に対して常に首尾一貫性が求められ、内容や時系列に矛盾のある証言は信頼性を欠くとして採用されない。さらに、人は自分で体験していないことがらについて聞かされると、特にそれが想像を絶する非人間的な事象である場合には、なかなか信じられないものだ。「そんなことがあるはずがない」という思い、信じたくない思いは、容易に「だからこの話は嘘だ」という結論へとつながっていく。その際、「語り手はトラウマを抱えているから、客観的な事実を証言できるはずがない」という理由付けは、一見説得力を持つ。

しかし著者はここで、ベクトルを百八十度転換して見せる。語り手の発言が信頼に値するかという一方向のベクトルから、聞く側の人間と社会とが、語り手が信頼を寄せるに値するかという逆方向のベクトルに焦点を移すのだ。

語りが首尾一貫性を欠いていたり、理解不能であったりするのは、語る者の体験したことがら自体が、論理的な理解の範疇を超える出来事だったからかもしれない。語りに入った「ひび」は、語る者本人が被った傷をそのまま映しているのかもしれない。聞く側のほうが、そう想像してみるべきなのではないか。語る側に、聞く側が思い描く「首尾一貫した」語りを求めるのではなく、聞く側のほうこそが、語りの矛盾がなにに由来するのか、自分たちの聞く態度が語る者の語りを可能にしているか、彼らの語りからなにを聞きとり、なにを受け取るかについて、自身に問うべきなのだ。

語ろうとしない（できない）人たちもいる。この場合も同様に、彼らが語ろうとしない理由を本人たちに帰すのではなく、聞き手である私たちのほうが、自身の聞く姿勢を問い直すことが必要だ。沈黙は誰かを守るためのものなのか。または聞き手が、自分たちにとって都合のいい、自分たちに「理解可能な」話のみを求めるからなのか。

「言葉にできない」ことを「それでも言葉にする」語り手がいれば、聞き手は語り手ひとりひとりの独自の語りに、その矛盾や葛藤、沈黙まで含めて耳を澄まさねばならない。こうして、「それ」を語ることは、語る側の問題から、聞く側、受け取る側の問題になるのだ。

「被害者から主体性と言葉とを奪うこと」こそが、加害者側のひとつの意図だと、著者は説く。だからこそ、被害者が「それ」を言葉にすること、そして聞く側が、すなわち私たちの社会が、矛盾や断絶をはらむその言葉に耳を傾け、語り継いでいくことは、「権利剥奪と暴力のメカニズム」へのひとつの強力な対抗手段なのだ。

「なぜならそれは言葉にできるから」というタイトルが印象的なのは、それが、「なぜ」で始まるなんらかの問いに対する答えの形式を取っているからだ。「なぜ語ろうとするのか」「なぜ耳を傾けるのか」「なぜ伝えていくのか」――これらの問いに対し、「なぜならそれは言葉にできるから」と、私たちひとりひとりが答えることができる、そんな社会の在り方を目指す、エムケの希望の詰まったタイトルなのだと思う。

その後に続く各エッセイには、評論家としてはもちろん、ジャーナリストとして、エッセイストとしてのカロリン・エムケの多面的な魅力がたっぷり詰まっている。

「拷問の解剖学的構造」は、『ル・モンド・ディプロマティーク』紙に掲載された記事で、ジャーナリスティックな調査記事の古典的な形式を踏襲しながら、アブ・グレイブ刑務所の構造的問題点を浮き彫りにしてみせる。

二〇一八年に邦訳出版された『憎しみに抗って』でも取り上げられたテーマである、現代ヨーロッパ社会におけるムスリム敵視の本質に迫った評論「リベラルな人種差別」と「現代のイスラム敵視における二重の憎しみ」では、その観察眼と論理の鋭さで読者を唸らせる。特に、現代ヨーロッパ社会におけるイスラム敵視が、「異質な者」への敵意を直截に表現するのではなく、宗教的、文化的な多様性を重視するリベラルな価値観を擁護するという立場を取っており、それによって、リベラルだと自称するまさにそのヨーロッパ社会の不寛容を露呈してしまっている、という考察には、深く頷けるものがある。

その後に続く「故郷」と「民主主義という挑戦」は、著者の講演を活字化したものだ。「民主主義という挑戦」では、差別を受ける社会の少数派が、問題の所在、自分たちの痛みを大多数の人にわかりやすく伝えるための「翻訳」を推奨している。

「他者の苦しみ」と、三篇の「旅をすること」はエッセイと呼ぶのが最もふさわしいだろうか。講演ではあるが「故郷」も同様だろう。これらの作品にはエムケの個人的なエピソードも描かれており、彼女の作品がよく「文学的」と評される理由に納得のいく、温かみと深みを備えている。

本書で多彩な魅力を発揮する著者カロリン・エムケは、一九六七年生まれ。ロンドン、フランクフルト、ハーヴァードの各大学で哲学、政治、歴史を専攻した後、ジャーナリストとして世界各地の紛争地を訪れ、ルポルタージュを執筆してきた。また、戦争被害者、ドイツ赤軍、性的マイノリティなど幅広いテーマにわたる著作、数々の文化および社会活動で広く名を知られている。

本書『なぜならそれは言葉にできるから』は二〇一三年に刊行され、非常に高い評価を得た。その後二〇一六年に刊行された『憎しみに抗って』でドイツ図書流通連盟平和賞を受賞し、エムケは時事問題評論家としての印象を強めたが、本書『なぜならそれは言葉にできるから』からは、エムケの本領がまさにジャーナリスティックな取材を基礎に置いたうえでの哲学的評論にあること、彼女の問題意識が時事問題の表層に留まらず、人間存在と社会の在り方という深いところに存することがわかる。著者が論じるのは主にヨーロッパ社会ではあるが、その考察の内容は普遍的だ。本書『なぜならそれは言葉にできるから』は、いまだからこそ、日本でも広く深く読まれてほしい本だ。

翻訳にあたっては、いつにも増して多くの方のお力をお借りした。とりわけ、『憎しみに抗って』に続いて、多大な熱意で本書の編集に取り組んでくださったみすず書房の鈴木英果さん、ドミニク・ラカプラのテキストの意味をご教示くださった東京大学の田尻芳樹さん、旧ユーゴスラヴィア人名の表記をご教示くださった香川大学の唐澤晃一さん、そして、本書のエッセイにもあるとおり、旅続きの毎日でお忙しいなか、私からの質問に常に快く、迅速に返信をくださった著者のカロリン・エムケさんに、心からの感謝を表したい。

二〇一九年九月

浅井晶子

初出

「なぜならそれは言葉にできるから」——証言することと正義について：書き下ろし

他者の苦しみ：Die Zeit, 2008 年 12 月 17 日

拷問の解剖学的構造：Le Monde Diplomatique, 2005 年 8 月 12 日

リベラルな人種差別：Die Zeit, 2010 年 2 月 25 日

現代のイスラム敵視における二重の憎しみ：In Wilhelm Heitmeyer (Hg.), Deutsche Zustände, Bd. 9, Berlin 2011

故郷——空想上の祖国：緑の党の文化会議「故郷——私たちはまだ探している」における講演。2009 年 6 月 22 日

民主主義という挑戦：ハインリヒ・ベル財団およびドイツ劇場による会議「民主主義という工事現場」における講演。2013 年 6 月 14 日

旅をすること：バイエルン放送「Nachtstudio」における三部作

著者略歴

(Carolin Emcke)

ジャーナリスト. 1967年生まれ. ロンドン, フランクフルト, ハーヴァードの各大学にて哲学, 政治, 歴史を専攻. 哲学博士. 『シュピーゲル』『ツァイト』の記者として, 世界各地の紛争地を取材. 2014年よりフリージャーナリストとして多方面で活躍. 著書に『憎しみに抗って』(みすず書房), 『Stumme Gewalt (もの言わぬ暴力)』『Wie wir begehren (わたしたちの欲望のあり方)』『イエスの意味はイエス、それから…』(みすず書房) ほか多数. 『メディウム・マガジン』にて2010年年間最優秀ジャーナリストに選ばれたほか, レッシング賞 (2015年), ドイツ図書流通連盟平和賞 (2016年) をはじめ受賞多数.

訳者略歴

浅井晶子〈あさい・しょうこ〉翻訳家. 1973年生まれ. 京都大学大学院人間・環境学研究科博士課程単位認定退学. 訳書に, イリヤ・トロヤノフ『世界収集家』, パスカル・メルシエ『リスボンへの夜行列車』(以上早川書房), シュテン・ナドルニー『緩慢の発見』(白水社), カロリン・エムケ『憎しみに抗って』『イエスの意味はイエス、それから…』(以上みすず書房), トーマス・マン『トニオ・クレーガー』(光文社古典新訳文庫), エマヌエル・ベルクマン『トリック』, ローベルト・ゼーターラー『ある一生』(以上新潮社), ユーディト・W・タシュラー『国語教師』(集英社) ほか多数.

カロリン・エムケ
なぜならそれは言葉にできるから
証言することと正義について
浅井晶子訳

2019年10月16日　第1刷発行
2020年12月16日　第3刷発行

発行所　株式会社 みすず書房
〒113-0033 東京都文京区本郷2丁目20-7
電話 03-3814-0131(営業) 03-3815-9181(編集)
www.msz.co.jp

本文組版　キャップス
本文印刷所　萩原印刷
扉・表紙・カバー印刷所　リヒトプランニング
製本所　誠製本

© 2019 in Japan by Misuzu Shobo
Printed in Japan
ISBN 978-4-622-08853-0
[なぜならそれはことばにできるから]
落丁・乱丁本はお取替えいたします